# WIE MAN EINEN COWBOY LIEBT

## JESSA JAMES

Veröffentlich von Jessa James
James, Jessa

Cover design copyright 2017 by Jessa James, Author
Images/Photo Credit: Deposit Photos: klippel1; Hot Damn Stock

# KAPITEL 1

 ete

ICH KLAPPTE das Bestandsbuch zu und lehnte mich in dem Schreibtischstuhl, der mit kirschfarbenem Leder bezogen war, zurück. Ich schloss meine Augen und rieb mir die Schläfen, während ich daran dachte, wie einfach doch alles gewesen war, als mein Vater noch die Geschicke des Killarny-Anwesens geleitet hatte. Ich hatte mich in all den Jahren noch immer nicht daran gewöhnt. Als ältester von fünf Brüdern wurde von Anfang an von mir erwartet, dass ich eines Tages die Ranch leiten würde. Auch wenn wir Brüder alles gemeinsam als Partner machten, hatte ich doch die meiste Verantwortung. Ich war es auch, an den mein Vater sich wandte und auf den er sich verließ, als bei meiner Mutter Emily Brustkrebs diagnostiziert worden war.

Auf Wunsch meiner Mutter übernahm ich viele Aufgaben, die mein Vater bis dahin allein erledigt hatte. Es ging vor allem ums Geschäft. Das lag mir nicht so sehr wie die stille Arbeit mit den Pferden. Aber ich wusste, was zu tun war. Vor allem hatte ich meine Mutter nicht enttäuschen wollen.

Emily Killarny war eine Naturgewalt gewesen, aber sie besaß ein sanftes, gutmütiges Herz. Vor allem liebte sie ihre Kinder. Ich wusste, dass ich einen besonderen Platz in ihrem Herzen besaß, als ich sah, wie sehr sie sich bemühte, für Emma eine wundervolle Groß-mutter zu sein. Ich fühlte mich allein und von aller Welt verlassen, nachdem meine Frau Kelly der Ansicht gewesen war, Mutter und Ehe seien nichts für sie. Nachdem sie uns im Stich gelassen hatte, hatten meine Eltern uns großzügigerweise bei sich aufgenommen. Dafür würde ich ihnen ewig dankbar sein. Vor allem meine Mutter hatte alles getan, was in ihrer Macht stand, damit Emma sich sicher und geliebt fühlte, nachdem ihre Mutter sich einfach so aus dem Staub gemacht hatte.

Damals war meine Hauptaufgabe die Arbeit mit den Pferden gewesen. Das hatte ich schon immer gemocht und es fehlte mir. Aber da unser Vater nun in Costa Rica weilte, oblag es mir, den Laden zu schmei-ßen. Als meine Mutter vor drei Jahren starb, hatte ihn das schwer getroffen, er bekam Depressionen und entschloss sich schließlich, sein Leben zu verändern. Eine dieser Veränderungen bedeutete, die USA zu verlassen und in ein wärmeres Klima zu ziehen, fort von Kentucky und seinen grünen Bergen. Manchmal war ich ein wenig neidisch, aber eigentlich wusste ich, mein Herz schlägt hier, wo Emma war.

Ich öffnete die Augen und blickte einen Moment lang auf den Monitor meines Computers, dann stand ich auf, nahm meine Jacke und ging hinaus. Morgens war es noch ziemlich frisch, der Frühling fing gerade erst an. Ein morgendlicher Spaziergang in der kühlen Luft belebte die Sinne, es roch nach jungem Gras und überdeckte den Geruch von den Ställen. Mich störte der Geruch nicht, ich war damit aufgewachsen, er erinnerte mich an mein Zuhause und an meine Kindheit.

Ich atmete die frische Luft tief ein und ging hinüber zu den Ställen, wo mein Bruder Alex dabei war, eine der zweijährigen Stuten zu striegeln.

„Sie ist wunderschön", sagte ich und blieb auf der anderen Seite der Stalltür stehen.

Alex nickte. „Siobhan ist ein echter Hingucker." Er striegelte ihr rotbraunes Fell, bis es in der Morgensonne glänzte und dem Pferd das Aussehen einer Kupfermünze gab.

„Meinst du, sie wird nächstes Jahr Rennen laufen können?", fragte ich ihn und musterte das Tier mit Kennerblick. Sie war schön, aber ich war mir nicht sicher, ob sie in der Lage war, die vielen Derbys zu bestreiten, an denen wir teilnahmen.

Alex zuckte mit den Achseln. „Keine Ahnung. Sie ist noch nicht viel gelaufen. Wir hätten eher mit dem Training anfangen müssen, wenn das der Plan war. Sie ist ein tolles Pferd, aber ich glaube nicht, dass sie unbedingt fürs Derby geeignet ist. Allerdings denke ich, dass wir eine Menge guter Fohlen von ihr bekommen werden."

Alex war der Schweigsamste unter uns Geschwistern, es war also eher ungewöhnlich, wenn er so viel redete. Überhaupt hatte er nur viel zu sagen, wenn es um Pferde ging. Er war wortkarg und blieb gern für sich allein. Er war von uns allen der Pferdeflüsterer und kümmerte sich um das Training der Tiere hier auf der Ranch. Er kannte sich so gut mit den Tieren aus, dass er anderen Menschen helfen konnte zu lernen, sich an den Umgang mit jungen Pferden zu gewöhnen. Die meisten unserer Pferde züchteten wir selbst, aber wir hatten auch ein paar Wildponys aus Dakota draußen auf den Weiden stehen, abseits der anderen Tiere. Alex hatte sein Haus da draußen bei den Tieren errichtet. Ihn zu besuchen, war jedes Mal wie ein Ausflug in die Wildnis von Kentucky. Es war nachvollziehbar, warum unsere Eltern bei der Aufteilung des Landes diesen Teil für ihn bestimmt hatten. Es passte zu seiner Persönlichkeit und er war bei den Wildpferden immer am glücklichsten.

„Ihre Mutter war Spring, nicht wahr?", fragte ich.

„Ja, und ihr Vater war David's Lariat."

David's Lariat war einer von Alex' Favoriten. Mein Vater hatte den Hengst auf einer Ranch in Colorado gekauft, als wir noch sehr jung waren. Der Hengst war ein sehr beeindruckendes Tier, das alle anderen überragte und schneller war, als die meisten anderen, die nur halb so viel Gewicht auf die Waage brachten. Er war ein echtes Juwel und hatte eine Menge schneller Pferde hervorgebracht. David's Lariat war im vergangenen Jahr gestorben, aber ein paar seiner Nachkommen befanden sich noch auf der Ranch und sein Erbe würde man noch lange Jahre in unseren Rennpferden erkennen können.

„Nun, selbst wenn sie nicht für uns ins Rennen geht, so ist sie doch eine echte Schönheit und wird uns ein paar prächtige Fohlen und schnelle Rennpferde bescheren."

„Was hast du vor?" Alex legte den Striegel beiseite und kam aus dem Stall heraus, um sich zu mir zu gesellen.

Ich zuckte die Schultern. „Ich wollte nur mal für einen Moment raus aus dem Büro."

„Jetzt schon?" Er sah auf seine Uhr. „Es ist noch sehr früh am Tag. Wieso stellst du nicht jemanden ein, der die Sachen erledigt, die dir nicht so liegen? Dafür gibt es Buchhalter, habe ich gehört. Dann hättest du auch wieder mehr Zeit, dich mit den Pferden zu beschäftigen, was dir ohnehin lieber wäre."

Alex war ein sehr guter Beobachter, nicht nur, wenn es um Pferde ging.

„Ja, du hast ja recht, vielleicht mache ich das nach den nächsten Derbys. Im Augenblick steht zu viel an, um es jemandem aufzuhalsen, der ganz neu ist."

Mein Bruder zuckte seufzend mit den Schultern. „Was auch immer. Aber zögere nicht, um Hilfe zu bitten, wenn es dir zu viel wird."

Ich klopfte ihm einmal kräftig auf die Schulter und ging dann die Stallgasse hinunter, vorbei an den Boxen, in denen unsere zahlreichen Pferde standen. Einige der Stallburschen führten ein paar Tiere hinaus zum Grasen, während andere in die Reitbahn kamen, um zu trainieren. Als ich den Stall auf der anderen Seite verließ, sah ich Emma im Sattel ihres Pferdes Saoirse sitzen.

„Wie geht's, wie steht's, Fräulein Emma Lou?"

Emma schaute mich missmutig unter ihrer Reitkappe hervor an. Ich wusste, sie hasste es, mit ihrem zweiten Vornamen Louise angesprochen zu werden, aber ich hoffte, sie würde ihn eines Tages doch noch mögen, daher benutzte ich ihn ständig.

Sie warf ihren Kopf zurück. „Saoirse und ich waren schon im Gelände heute Morgen. Ich wollte sie gerade in den Stall zurückbringen und dann wieder zurück ins Haus kommen zum Unterricht. Ist Hetty schon da?"

Ich schüttelte den Kopf. „Sie war noch nicht da, als ich das Haus verließ, aber sie könnte inzwischen eingetroffen sein. Beeil dich lieber, sonst kommst du zu spät."

Meine zwölfjährige Tochter strahlte mich vom Pferderücken herab an und ritt zum Stall hinüber. Dort blieb sie stehen, glitt aus dem Sattel und führte das Pferd hinein. Es war inzwischen nicht mehr zu übersehen, wie sehr sie ihrer Mutter ähnelte. Das war an sich nicht schlimm, aber ich fragte mich, wie Emma darauf reagieren würde, wenn sie sich im Spiegel anschaute und bemerkte, dass sie der Frau ähnlich sah, die sie – und mich – im Stich gelassen hatte, als Emma noch ein Kleinkind war.

Während ich herüber zur Weide ging, erinnerte ich mich daran, wie es war, als Kelly uns verließ. Ich war wie im Schock gewesen, aber als ich dann so richtig darüber nachdachte, war es eigentlich doch nicht so überraschend gekommen. Wir hatten gleich nach Ende der Highschool geheiratet und meine Eltern waren von Anfang an dagegen gewesen. Kellys Eltern besaßen ein Geschäft in der nächsten Stadt und unsere Heirat schaffte es sogar in die Lokalzeitung. Es war eine stürmische Angelegenheit, die ganze Beziehung hatte noch nicht lange gedauert, da machte ich schon Nägel mit Köpfen. Wir fingen an, miteinander auszugehen, gegen Ende des letzten Schuljahres. Und weil ich ein Idiot war, hatte ich ihr gleich nach dem Abschluss einen Antrag gemacht. Nach der Heirat zogen wir in ein Haus, das zum Anwesen meiner Familie gehörte. In den ersten Jahren lief es großartig, wir hatten eine Menge Spaß.

Kelly war ziemlich wild, rückblickend musste ich zugeben, etwas zu wild für mich. Es war mir nur nie aufgefallen und solange wir nur zu zweit waren, kam uns nicht in den Sinn, dass viel mehr Verantwortung auf uns zukam. Wir verbrachten damals unsere Wochenenden mehr oder weniger in den Bars der Umgebung und kehrten anschließend in unser Haus auf der Ranch zurück, um zu vögeln wie die Karnickel. Kein Wunder, dass Kelly irgendwann schwanger wurde. Ich freute mich sehr darüber, aber sie wirkte nicht gerade sonderlich begeistert über diese Tatsache. Sie gewöhnte sich jedoch langsam an den Gedanken und als Kelly geboren wurde, sah ich, dass sie unsere Tochter aufrichtig liebte.

Aber dennoch hatten sich die Dinge geändert, es war einfach nicht mehr wie früher. Kelly sah mich nicht mehr so an wie vor der Schwangerschaft. Ich ermutigte sie, einen Arzt aufzusuchen, falls sie an postnatalen Depressionen litt, aber sie hörte nicht auf mich.

Eines Abends kam ich nach Hause und all ihre Sachen waren weg. Auf dem Küchentisch lag ein Zettel und Emma weinte in ihrem Kinderbett. Ich nahm meine Tochter auf den Arm, um sie zu trösten, und las die Nachricht, während Emma sich an meiner Schulter ausweinte. Kelly war fort. Sie entschuldigte sich in ihrem Brief, meinte, sie wollte nach Kalifornien, um ihren Traum wahrzumachen und Schauspielerin zu werden. Sie ging gemeinsam mit ihrem Freund Bud.

Bud war ein Typ, mit dem sie schon vor mir auf der Highschool ausgegangen war. Auf einmal ergab alles einen Sinn. Seither hörten wir nur selten etwas von ihr. Es gab eine Grußkarte zu Weihnachten oder ein Geburtstagsgeschenk für Emma, falls Kelly sich mal daran erinnerte, aber das war auch nicht allzu häufig.

Soweit ich wusste, hatte Emma keine rechte Erinnerung mehr an ihre Mutter. Das war traurig, aber vielleicht war es besser so, dann fehlte sie ihr wenigstens nicht so sehr. Wäre Kelly länger in ihrer Nähe geblieben, wäre es für Emma umso schwieriger geworden, sich daran zu gewöhnen, keine Mutter bei sich zu haben.

Ich war meinen Eltern unendlich dankbar für ihre

Unterstützung in jener Zeit, vor allem meiner Mutter. Sie hatte alles Erdenkliche getan, um meiner Tochter ein weibliches, mütterliches Vorbild zu bieten, aber sie hatte auch nie aufgehört mich zu drängen, wieder auszugehen. Sie erinnerte mich oft daran, dass ich doch noch jung sei und das Glück nur auf mich wartete, wenn ich mich auf die Suche danach machte.

Ihr letzter Versuch lag einige Jahre zurück, wenige Jahre bevor sie starb. Damals hatte ich Hetty Blackburn angeheuert, eine Lehrerin aus der Gegend, um Emma zu unterrichten. Die Ranch war weit draußen, der Weg zur nächsten Schule war viel zu weit und daher beschloss ich, Emma daheim unterrichten zu lassen. Sie konnte auf diese Weise viel Zeit mit den Pferden verbringen und ihrem eigenen Tempo entsprechend lernen. Laut Hetty war sie den gleichaltrigen Kindern in der örtlichen Schule um einiges voraus.

Hetty war hübsch und eine sehr nette Frau. Ihr schwarzes Haar und ihre blauen Augen waren eine bezaubernde Kombination, die sich kaum übersehen ließ. Aber ich wollte mit niemandem ausgehen, damals nicht und heute immer noch nicht. Dabei war es nun schon zehn Jahre her, dass Kelly mich verlassen hatte. Selbst wenn ich mich nicht so sehr gegen den Gedanken gesträubt hätte, besaß Hetty doch einen entscheidenden Nachteil. Sie kannte meine Tochter.

Ich lehnte mich an den weißen Zaun und sah einigen Pferden beim Toben auf der Weide zu. Im Morgenlicht wirkte alles so idyllisch. Man konnte wahrlich stolz auf unser Anwesen sein. Ich empfand es als Privileg, schon in vierter Generation hier Pferde zu züchten. Es war die größte Ranch dieser Art in Kentucky und nun oblag sie meiner Leitung.

Ich hatte mir eine einzige feste Regel aufgestellt. Erst wenn ich einer Frau absolut vertrauen konnte, dann würde sie meine Tochter kennenlernen. Und da ich kein Interesse daran hatte zu daten, war es einfach nie dazu gekommen. Natürlich war ich mit Frauen zusammen gewesen, nachdem Kelly fort war – mit zu vielen, um sie noch zählen zu können – aber dabei ging es mir nur um meinen Spaß und dann war ich auch schon wieder weg. Ich ging nie mit Frauen aus, die mehr erwarteten. Ich verlangte nicht nach mehr. Es ging mir immer nur um Sex, ganz simpel. Ich wollte hören, wie sie meinen Namen schrien, brauchte nur den Sex und die Befriedigung, dann verschwand ich wieder leise aus ihrem Leben. Ein einziges Mal hätte ich beinahe eine Frau mit nach Hause gebracht, eine der Lawrence-Frauen. Immerhin hatte sie es bis zur Ranch geschafft, aber dann waren wir nicht einmal aus dem Truck gestiegen. Wir hielten bei dem kleinen Hain aus Pekannussbäumen und ich vernaschte sie gleich da, auf dem Sitz vom Pickup. Nachdem wir befriedigt waren, wendete ich den Wagen und brachte ich sie direkt wieder nach Hause. Danach war Schluss, sie war die letzte Frau für mich gewesen. Und das war inzwischen schon eine ganze Weile her.

Ich musste mein Leben nicht noch komplizierter machen, als es schon war. Und ich musste erst recht keine dieser Frauen in das Leben meiner Tochter hineinlassen. Sie hatte schon genug mitgemacht, weil ich schlechte Entscheidungen getroffen hatte, und mehr musste sie davon gewiss nicht haben.

Mein mittlerer Bruder Jake kam mit einem Hengst zu mir geritten und zügelte das Tier wenige Schritte entfernt.

„Willst du angeben?", fragte ich und zog eine Augenbraue hoch.

Er schwang sich aus dem Sattel und tätschelte das Tier. „Der Bursche ist bereit für ein Rennen."

Clement sah in der Tat so aus, als sei er bereit. Sein Blick war wild und der morgendliche Ausritt mit Jake hatte ihm offensichtlich Spaß gemacht.

„Stell dir vor, wie schnell er erst mit einem Jockey im Sattel sein wird."

Ich nickte. „Wir lassen ihn beim Waters Derby laufen, richtig?"

„Ja, das ist schon in ein paar Wochen."

Ich musste den Termin später noch einmal genau nachprüfen. Es gab noch einiges zu tun bis dahin und wir hatten noch nicht entschieden, wie viele unserer Pferde daran teilnehmen sollten. Clement stand ganz oben auf der Liste, aber ein paar andere Tiere sollten auch eine Chance bekommen. Das Killarny-Gestüt stand in dem Ruf, die besten Rennpferde des Landes hervorzubringen, aber seit mein Vater nach Costa Rica gezogen war, hatten wir um diesen Ruf zu kämpfen. Ich hatte keine Ahnung, was mein Vater anders gemacht hatte als wir, außer, dass er 40 Jahre Erfahrung auf dem Buckel hatte. Aber eines wusste ich ganz gewiss: Wir mussten das Waters Derby gewinnen. Es war eine knappe Geschichte. Wenn wir uns wieder an der Spitze behaupten und den Ruf der Killarnys retten wollten, dann mussten wir das Derby gewinnen.

„Kommst du auch mit?", fragte Jake und strich sich das rostrote Haar aus der Stirn.

Ich schaute ihn irritiert an. „Natürlich werde ich mitkommen."

Er zuckte mit den Achseln. „So selbstverständlich finde ich das nicht. Immerhin bist du seit Jahren nicht mehr da gewesen."

„Ja, na gut, aber jetzt habe ich praktisch keine Wahl, oder? Dad ist in Costa Rica und ich weiß nicht, wann er mal wieder bei uns reinschaut, also muss ich die Ranch wohl repräsentieren. Und ich schätze, Emma würde sich über den Ausflug nach Tennessee sehr freuen. Also werde ich mitkommen."

„Bist du etwa nervös deswegen?" Jake zwinkerte mir zu und ich runzelte die Stirn.

„Wieso sollte ich?"

„Weil", begann er und spuckte auf den Boden, „die kleine Sara Walters auch da sein wird. Ich frage mich, ob sie dir wie früher als Kind noch immer auf Schritt und Tritt folgen wird."

Ich rollte mit den Augen. „Sara Waters dürfte inzwischen um die dreißig sein. Ich bin sicher, sie hat andere Dinge zu tun, als einem Mann mittleren Alters nachzulaufen, erst recht, wenn er eine zwölfjährige Tochter dabei hat."

„Hey, du darfst dich selbst nicht abschreiben. Du bist doch nur ein Jahr älter als sie, oder nicht? Ich wette, sie hätte nichts dagegen, einen der Killarny-brüder zu schnappen."

Ich schüttelte den Kopf und machte mich auf den Weg zurück zum Stall, aber Jake folgte mir mit Clement.

„Dann kann sie sich einen von den anderen vier Brüdern aussuchen. Sie könnte sogar Stephen und Sam zusammen haben, wenn sie will." Ich blieb stehen und sah mich um. „Wo wir gerade davon reden, wo stecken die beiden Zwillinge eigentlich?"

Jake zuckte die Achseln und ging weiter Richtung Stall. „Keine Ahnung. Sie sind jede Nacht unterwegs, bestimmt liegen sie noch im Bett."

Ich wusste, dass er letzteres nur im Scherz gesagt hatte. Wenn wir als Kinder eines gelernt hatten, dann war es das frühe Aufstehen. Es gehörte einfach dazu.

„Okay, dann mache ich mich mal auf die Suche nach den beiden. Wir reden später noch mal über das Waters Derby. Die Anreise muss geplant werden, aber das hat noch etwas Zeit."

Ich fing hinüber zu den anderen Stallungen, um meine beiden jüngsten Brüder zu suchen. Dabei musste ich an das denken, was Jake über Sara Waters gesagt hatte. Ich hatte sie nicht mehr gesehen, seit wir Teenager waren, es war mindestens zehn Jahre her. Ich fragte mich, wie sie inzwischen wohl aussah und ob wir vielleicht die Gelegenheit bekamen, Zeit allein miteinander zu verbringen, wenn wir in ein paar Wochen bei ihrem Vater zum Derby kamen.

 ara

„SARA?"

Ich blickte auf und schaute über den Rand meiner Lesebrille, die ich nur dann benutzte, wenn ich an meinem Laptop arbeitete. Sie rutschte mir über die Nase und ich setzte sie ab. Dann rieb ich mir die Nasenwurzel und schaute zu Elsie auf, der Sekretärin meines Vaters, die in der Tür meines Büros stand.

„Ja?"

„Dein Vater möchte dich gern sprechen. Er meinte, er müsste noch ein paar Dinge besprechen, die noch unbedingt zu erledigen wären, bevor das diesjährige Derby anfängt."

Natürlich musste er das, dachte ich und schenkte Elsie ein Nicken und ein Lächeln. Er wartete jedes Mal bis zwei Wochen vor dem Derby, um dann Sachen zu besprechen, die ich schon vor Wochen sehr wichtig und dringend gefunden hatte. Das war so typisch für meinen Vater und er machte das immer so, wenn das jährliche Derby ins Haus stand.

„Ich komme sofort, ich muss nur noch schnell ein paar Dinge hier erledigen."

Mein Vater benahm sich, als wäre sein Büro nicht einfach ein paar Türen von meinem entfernt. Er hätte die paar Schritte auch allein geschafft, die Bewegung hätte ihm sogar ganz gutgetan, aber er interessierte sich ohnehin nie für meine Vorschläge.

Ich klappte den Laptop zu, nahm mein Notizbuch mit all den Notizen zum bevorstehenden Derby und ging den Gang hinunter zu seinem Büro. Als ich eintrat, lehnte er sich in seinem Stuhl zurück und grinste breit, die Zigarre hing in einem Mundwinkel und er kicherte in den Telefonhörer.

„Nun hör sich das mal einer an. Dann werden wir Sie hier wohl auch in ein paar Jahren zu Gesicht bekommen. Das ist großartig, Jameson. Ich freue mich auf ein Wiedersehen in ein paar Wochen. Man sieht sich." Er klappte das Handy zu und ich schüttelte verständnislos den Kopf. Er weigerte sich nach wie vor, sich ein neueres Gerät anzuschaffen, sondern benutzte das zehn Jahre alte Ding immer noch.

„Das Teil wird bald seinen Geist aufgeben", sagte ich mit einem schwachen Lächeln.

„Nein, das hält noch eine Weile. So etwas wird heutzutage einfach nicht mehr produziert. Ich benutze es, bis es nicht mehr funktioniert." Er schnippte die

Asche von der Zigarre in den Aschenbecher auf seinem Schreibtisch.

„Weißt du, ich sollte eigentlich die Gesundheitsbehörde informieren, dass du hier drin rauchst. Es gibt bestimmt Regularien, die dir verbieten, in Anwesenheit deiner Mitarbeiterin krebserregendes Zeug zu verbreiten."

Er lachte. „Schätzchen, das ist das Gute an einem eigenen Büro. Mir gehört hier alles. Was ich sage, ist Gesetz."

„Deine Lungen haben da ein Wörtchen mitzureden, fürchte ich." Ich verzog das Gesicht und wedelte mit der Hand den Qualm beiseite.

„Elsie meinte, du wolltest ein paar Dinge mit mir besprechen."

Er räusperte sich und legte die Zigarre im Aschenbecher ab, wo sie unablässig vor sich hin qualmte.

„Das stimmt. Mit dem bevorstehenden Derby gibt es noch eine Menge zu tun und ich weiß, du hast ebenso viel daran gearbeitet wie ich."

Ich schmunzelte, sagte aber nichts. Die Behauptung, er hätte ebenso viel für das Derby gearbeitet wie ich, war lächerlich. Außer ein paar Telefonaten mit seinen alten Kumpels auf den Ranches überall im Land hatte er nicht mehr viel mit dem Derby zu schaffen. Die ganze Arbeit oblag nun uns, was bedeutete, in erster Linie mir.

„Um diese Zeit des Jahres ist am meisten zu tun für uns alle", meinte ich nickend.

Er sah mich aus schmalen Augen an und in seinem Kopf schien es zu arbeiten.

„Ich will dir nicht noch mehr aufhalsen, aber du müsstest noch einen Anruf erledigen, als Gefallen für mich."

„Worum geht es?" Ich warf einen Blick auf den Ordner vor ihm auf dem Tisch. Er schob ihn zu mir herüber. Gestüt Killarny stand auf dem Deckblatt.

„Was ist denn mit den Killarnys?"

Mein Vater atmete tief durch. „Ich möchte, dass du ihnen mitteilst, dass sie in diesem Jahr nicht mit ihren Pferden am Derby teilnehmen können. Dieses Jahr nicht und nächstes Jahr auch nicht. Überhaupt nie mehr."

Ich schaute ihn mit offenem Mund an. „Wieso schließt du die Killarnys davon aus? Wir kennen sie länger als jeden anderen und sie waren immer wertvolle Partner für uns. Die Leute kommen von weit her, um ihre Pferde laufen zu sehen. Dad, das musst du mir schon näher erklären."

„Ich habe meine Gründe." Er klang ausweichend und griff wieder nach seiner Zigarre.

Ich verschränkte die Arme vor der Brust und lehnte mich auf meinem Stuhl zurück. „Nun, diese Gründe wirst du mir schon erklären müssen, bevor ich eine der ältesten Geschäftsbeziehungen, die wir haben, einfach so beende. Hast du eine Vorstellung, welche Auswirkungen das haben kann?"

Er zuckte mit den Schultern. „Hör zu, Sara. Es gibt Dinge, von denen du nichts weißt. Ich habe da seit einiger Zeit einen gewissen Verdacht und ich will auf Nummer sicher gehen."

„Nummer sicher?" Ich war verwirrt. Ich hatte nie

etwas anderes gehört, als dass die Pferde der Killarnys absolut reinrassige Tiere waren. Ich konnte mir nicht vorstellen, dass es da mit unlauteren Mitteln zuging. „Was meinst du denn? Gibt es irgendwelche Absprachen? Betrügen die beim Rennen?" Es war das einzige, was ich mir überhaupt hätte vorstellen konnte, aber auch das erschien mir im Grunde vollkommen abwegig. Darüber hinaus wäre alles andere geradezu kriminell gewesen.

„Ich glaube, sie dopen ihre Pferde", sagte er beinahe beiläufig und sah mich abwartend an.

„Du machst doch Witze, oder? Himmel, Dad, du kennst Sean Killarny seit einer Ewigkeit. Das letzte, was die tun würden, wäre Doping."

„Das wird ständig überall gemacht. Das weißt du ganz genau. Wenn man nicht gnadenlos testet, nimmt es immer mehr zu. In den letzten Jahren sind mir ein paar Dinge aufgefallen, die mir verdächtig vorkamen. Ich schätze, sie denken, gerade weil wir so lange schon Geschäftspartner sind, kommen sie hier damit durch. Da hat sich Sean Killarny aber geschnitten. Mit Doping will ich nichts zu tun haben. Ich lasse nicht zu, dass sie mein Derby in Verruf bringen. Stell dir vor, wenn sich solche Gerüchte erst einmal verbreiten, dass bei denen gedopt wird. Dann hängen wir doch mit drin und damit auch unser Derby. Wir würden unsere Sponsoren verlieren, ganz abgesehen von unserer Lizenz." Er holte tief Luft. „Nein, das kann ich nicht zulassen. Sie dürfen nicht mehr teilnehmen, wenn sie solche Sachen machen."

Ich musste das erst einmal verarbeiten und versuchen zu verstehen, was er da behauptete. Ich konnte nicht glauben, dass mein Vater wirklich annahm, die Killarnys würden ihre Pferde dopen. Aber natürlich wusste ich, dass so etwas vorkam. Und wenn wir in so eine Sache verwickelt wurden, dann wäre das schlimm für uns.

„Beweise, ich will Beweise für diese Behauptung sehen. Ich kann sie nicht einfach auf Verdacht hin anrufen."

„Sara." Mein Vater hob die Hand, um mich zum Schweigen zu bringen. „Vertrau mir. Ich weiß, was bei denen los ist. Wir dürfen damit nicht in Verbindung gebracht werden. Ich kann auch selber anrufen, wenn du nicht willst, aber da das Tagesgeschäft zu deinen Aufgaben gehört, dachte ich, es wäre besser, wenn du das selber übernimmst. Wenn du es jedoch nicht kannst …" Er streckte die Hand nach dem Telefon aus.

Ich schüttelte den Kopf. „Nein, ich erledige das. Aber so etwas macht man nicht per Telefon, sondern von Angesicht zu Angesicht. Ich meine, Dad, sie haben schon die Anmeldegebühr bezahlt. Wir müssen sie zurückzahlen, wenn wir Ärger vermeiden wollen. Sonst könnten sie dich verklagen."

Er lachte. „Das werden sie nicht wagen. Ich weiß, was die da treiben, ich weiß ganz genau, was in deren Stallungen passiert. Weder Sean noch seine Jungs hätten den Mumm, mich zu verklagen, denn sie wissen, dass sie sich dadurch erst recht in Schwierig- keiten bringen würden." Mein Vater öffnete eine Schreibtischschublade und holte sein Scheckbuch heraus. Er füllte einen Scheck aus, unterzeichnete ihn und gab ihn mir. „Hier, nimm ihn, schick ihn mit der Post."

Ich seufzte. „Ich halte es dennoch für klüger, diese Angelegenheit persönlich zu regeln. Wir sollten so behutsam wie nur möglich damit umgehen. Sie sind seit vielen Jahren unsere Freunde und was auch immer da bei denen nun vor sich geht, es wäre dennoch ziemlich unangemessen, diese Jahrzehnte während Freundschaft quasi per Telefon zu beenden. Ich fahre morgen raus zu ihnen und erledige das persönlich. Dann gibt hoffentlich weniger böses Blut."

Ich stand auf und kehrte zurück in mein Büro. Ich brauchte einen Plan, wie ich die Angelegenheit ohne Streit mit den Killarnys regeln konnte. Wenn mein Vater recht hatte, dann mussten wir diese Partnerschaft beenden, aber ich würde ihnen kein Doping unterstellen, solange ich nicht einen einzigen Beweis für diese Behauptung gesehen hatte. Nein, ich würde es so drehen, dass ihre Teilnahme ein Versehen unsererseits war und sie aus dem Verzeichnis löschen. Im nächsten Jahr konnte ich dann behaupten, die Anmeldung sei in der Post verloren gegangen oder so. Aber im Augenblick brauchte ich gute Argumente, die keinerlei Verdacht erregten.

Ich griff zum Telefon und wählte die Nummer der Killarnys. Eine Frau nahm ab und ich nannte ihr meinen Namen.

„Mr. Killarny ist gerade nicht da, soll ich ihm etwas ausrichten?"

Eine Nachricht, das war es. Aber was wäre glaubwürdig für Sean Killarny?

„Könnten Sie ihm bitte ausrichten, dass Sara Waters angerufen hat wegen des Derbys? Ich würde gern morgen Nachmittag vorbeikommen, um das mit ihm persönlich zu besprechen."

„Okay, das geht. Am Nachmittag hat er Zeit. Klingeln Sie einfach am Hauptgebäude, wenn Sie hier sind, dann klappt das schon. Bis morgen dann, Miss Waters."

AM NÄCHSTEN MORGEN machte ich mich beizeiten auf den Weg. Bis zur Killarny Ranch waren es drei Stunden Autofahrt. Das Anwesen lag inmitten grüner Hügel und war ein geradezu idyllischer Anblick. Ich wusste, es war nicht mehr weit, als ich ihre makellosen, weißen Zäune entdeckte, aber bis zur Ranch an sich waren es dann doch noch einige Meilen. Als ich die Einfahrt hinauffuhr, kehrten zahlreiche Erinnerungen zurück. Ich hatte als Kind viel Zeit hier verbracht. Mein Vater war früher oft zu Besuch hier gewesen, wenn es etwas zu besprechen gab, wegen des Derbys, oder wenn er ein Pferd kaufen wollte. Ich verbrachte dann meine Zeit damit, Pete Killarny auf die Nerven zu gehen. Er war der älteste der Brüder und mir altersmäßig am nächsten. Mit zehn Jahren fand ich ihn unglaublich süß. Er hatte sandblondes Haar, blaue Augen und ein paar Sommersprossen auf der Nase. Ich hingegen war damals nicht sonderlich niedlich gewesen. Ich war ein wenig pummelig, mein Haar war strubbelig und ich brauchte eine Zahnspange. Bald danach bekam ich auch noch eine Brille.

Es war kein Wunder, dass er ziemlich zögerlich reagierte, als ich mir meinen ersten Kuss von Pete Killarny holte.

Ich verzog das Gesicht bei dieser Erinnerung und hoffte, dass ich ihm dieses Mal nicht begegnen würde. Natürlich war das schon ewig her und wir hatten uns danach schon einige Male gesehen, aber es änderte nichts an der Tatsache, dass es sich um einen der peinlichsten Momente meines Lebens handelte. Pete hatte mich entgeistert, geradezu schockiert, angeschaut, sich umgedreht und war aus der Scheune gegangen, wo der Kuss stattgefunden hatte. Es musste inzwischen zwanzig Jahre her sein. So viel Zeit war vergangen. Ich war erwachsen geworden, war Zahnspange, Brille und Babyspeck losgeworden und Pete war ein attraktiver, junger Mann geworden. Das letzte Mal, als ich ihn traf, ging er mit einem Mädchen aus und ich erinnerte mich, dass sie an ihm hing wie ein Blutegel an einem heißen Sommertag.

Ich war überrascht, wie eifersüchtig ich damals reagiert hatte. Ich kannte das Mädchen gar nicht, aber ich hasste es, ihn mit einer anderen zu sehen, egal wie verrückt sie aufeinander zu sein schienen. Sie war umwerfend schön gewesen, ich hätte mit ihrem schwarzen Haar und den blauen Augen nicht konkurrieren können. Sie war dünn wie eine Bohnenstange und sah aus wie die Art Mädchen, die in eine Pferderanch einheiraten würde.

„Meine Güte, vielleicht begegne ich ihr da heute", sagte ich zu mir selbst, als ich vor dem Hauptgebäude hielt. Es war ein schönes, weißes Haus im Kolonialstil, mit stabilen Säulen und einer Hängelampe über dem Eingang. Das Haus war eher ein Palast und man hatte eine Menge Renovierungen vorgenommen, seit ich das letzte Mal hier gewesen war.

Ich sprang aus meinem Wagen und ging zur Haustür, zog an der Glocke und wartete darauf, dass mir jemand öffnete. Eine Frau mittleren Alters kam an die Tür und lächelte mich an.

„Kann ich Ihnen helfen?", fragte sie.

Ich erwiderte das Lächeln. „Ich habe einen Termin bei Mr. Killarny. Ich hatte gestern angerufen und mit seiner Sekretärin gesprochen."

Sie nickte. „Kommen Sie herein. Ich bringe Sie zu seinem Büro."

Die Frau führte mich durch die Eingangshalle mit einer sehr imposanten, breiten Treppe, einen Gang entlang zu einem schmaleren Flur. Dort öffnete sie die erste Tür und bat mich hinein.

„Ich sage Pete Bescheid, dass Sie da sind." Damit schloss sie die Tür und war verschwunden, noch ehe ich reagieren konnte.

Ich sah mich erstaunt um. Das Schild auf dem Schreibtisch ließ keinen Zweifel zu. Pete Killarny. Was war denn mit Sean? Vielleicht hatte der keine Zeit für mich und überließ einem seiner Söhne heute das Geschäft. Meine Gedanken rasten und ich versuchte, mich zu beruhigen. Es war an sich nicht schlimm, mit Pete zu sprechen. Er kannte sich bestimmt ebenso gut mit der Ranch aus wie sein Vater. Immerhin tat ich genau dasselbe, ich erledigte Dinge für meinen Vater.

Und außer diesem einen Kuss hatten Pete und ich

nichts miteinander zu schaffen gehabt. Aber die Vorstellung, ihn wiederzusehen, versetzte mich in eine gespannte Erwartung. Es war ein wenig wie das Ehemaligentreffen meiner Highschool zehn Jahre später. Das war natürlich weit weniger aufregend gewesen als erwartet, dank der sozialen Medien und der Tatsache, dass ich noch immer hier lebte, wo ich den Abschluss gemacht hatte. Aber ich war von einer ähnlichen Nervosität erfüllt.

Ich fragte mich, wie er wohl aussah, und sah mich unauffällig nach einem Foto um. An den Wänden standen Buchregale, in denen zahllose, in Leder gebundene Bücher standen. Es sah aus, als hätte ein Innenausstatter die gängigsten Klassiker hier arrangiert. Ich ging nicht davon aus, dass Pete ein begeisterter Leser war, er war mir jedenfalls nie so vorgekommen. Als wir klein waren, war er der Typ Junge gewesen, mit dem Mädchen zusammen sein wollten, während die anderen Jungs so wie er sein wollten. Er benahm sich nicht so protzig wie solche Typen es normalerweise taten, er war eigentlich nett und freundlich, wenn man einmal die raue Schale durchbrochen hatte.

Ich entdeckte keinerlei Foto, auch nicht auf dem Schreibtisch. Das kam mir seltsam vor, aber es sah aus irgendeinem Grund auch gar nicht aus, wie ich mir sein Büro vorgestellt hätte.

Ich wartete und schaute der alten Uhr beim Ticken zu. Einige Minuten später kam jemand. In der Tür stand eine Frau, deutlich jünger dieses Mal und schaute mich unsicher an.

„Miss Waters?"

„Ja, ich warte auf Mr. Killarny. Allerdings dachte ich dabei an Sean."

Verständnis breitete sich auf ihrem Gesicht aus. „Ah, das tut mir leid. Ich dachte, Sie wüssten, dass Pete sich inzwischen um das Tagesgeschäft kümmert. Ich fürchte, er muss Ihren Termin in seinem Kalender übersehen haben und ist irgendwo hier auf dem Gelände unterwegs. Bestimmt arbeitet er mit den Pferden. Ich kann ihn für Sie suchen gehen, wenn Sie möchten."

Ich stand auf und schüttelte den Kopf. „Nein, bemühen Sie sich nicht. Ich kenne die Ranch von früher. Wenn es Ihnen nichts ausmacht, dann mache ich einen kleinen Spaziergang und suche ihn selber."

Sie lächelte und nickte. „Nur zu."

ICH GING hinaus und schlenderte zwischen den Scheunen und Ställen entlang. Das Anwesen war riesig, er konnte hier überall sein. Es war nicht besonders klug gewesen, sich auf die Suche zu machen, anstatt die Sekretärin nach ihm rufen zu lassen. Aber so konnte ich mir immerhin in aller Ruhe die Ranch anschauen.

Ich rief mir ins Gedächtnis, warum ich überhaupt hergekommen war. Wenn mein Vater mit seinem Verdacht recht hatte, dann war das hier keine idyllische Ranch, wie ich immer gedacht hatte. Aber ich wusste es eben nicht und wollte mich zum jetzigen Zeitpunkt nicht auf reine Mutmaßungen meines

Vaters verlassen. Aber es würde eine unangenehme Szene geben, wenn ich ihm den Scheck zurückgab, zumal Pete nicht damit rechnen konnte.

Ich betrat den Stall und sah keinen einzigen Menschen, nur Pferde. Sie kauten entspannt auf ihrem Heu herum und schenkten mir keinerlei Beachtung. Ich ging lächelnd die Stallgasse hinunter und sah mir die Schönheiten an, welche die Zucht der Killarnys hervorgebracht hatte. Da waren einige prachtvolle Exemplare dabei. Sie erzielten regelmäßig sehr hohe Kaufpreise für ihre Pferde. Ich genoss es sehr, den Tieren nahe zu sein. Ich hatte Pferde schon immer gern gemocht. Seit frühester Kindheit war das so. Nach der Scheidung meiner Eltern hatte meine Mutter viel Wert darauf gelegt, dass ich auch viel Zeit bei meinem Vater verbrachte. Daher kannte ich den Umgang mit Pferden, seit ich laufen konnte.

Vor einer der Boxen blieb ich stehen und las das Namensschild.

„Hallo, Saoirse. Diese Killarnys und ihre irischen Namen, was? Nun, du bist eine echte Schönheit, das muss ich schon sagen."

„Kann ich Ihnen helfen?" Die Stimme kam vom anderen Ende des Stalls. Ich drehte mich um. Im Gegenlicht konnte ich nur eine Silhouette erkennen, bis die Person näher kam.

Pete Killarny. Er war nicht mehr der kleine Junge, den ich geküsst hatte. Aber er hatte sich in den letzten zehn Jahren auch nicht mehr sonderlich verändert. Sein Haar war dunkler und die Sommersprossen waren weg, aber seine Augen waren noch immer so blau wie früher. Er war kräftiger geworden. Seine Schultern waren breit, er hatte Muskeln bekommen, sah nicht mehr aus wie ein schlaksiger Teenager. Man sah ihm bei jedem Schritt das Selbstvertrauen an, das der Besitz eines solchen Anwesens mit sich brachte.

Und so war es eben auch. Zumindest gehörte ihm alles hier anteilig.

Aber was mich am meisten überraschte, geradezu schockierte, war die Tatsache, dass ich ihn beim ersten Anblick sogleich begehrte. Er war unglaublich sexy. Das allein war keine Überraschung, meine Reaktion darauf aber schon. Ich zwang mich innerlich zur Ruhe, so reagierte man einfach nicht, wenn man jemanden seit Jahren nicht mehr gesehen hatte. Aber es ging noch darüber hinaus. Ich musste jedoch erst einmal unser Problem klären, bevor ich ihn auffordern konnte, mich gleich hier im Heu zu nehmen.

Ich reagierte so, weil ich es nötig hatte. Vor einem Jahr hatte ich meine Verlobung mit Dalton gelöst, weil ich ihn in flagranti mit meiner besten Freundin Meg erwischt hatte. Es wäre ein großes gesellschaftliches Ereignis gewesen, mein Vater hätte die Verbindung gutgeheißen. Aber nach einem solch schlimmen Betrug musste ich ihn einfach loswerden. Ich hätte ihn auf keinen Fall noch heiraten können.

Seither hatte ich keinen Sex mehr gehabt. Seit einem Jahr war ich mit niemandem mehr zusammen gewesen. Ich wusste es so genau, denn das Datum, das unser jährlicher Hochzeitstag hätte werden sollen, rückte näher. An dem Tag, als Dalton es mit Meg trieb, hatten wir uns vorher noch gesehen, bevor ich zur

Arbeit ging, und wir hatten miteinander geschlafen. Wir machten Pläne für das Dinner am Abend. Aber ich war unerwartet früher nach Hause gekommen, denn ich hatte etwas vergessen und erwischte die beiden im Bett. Damit war alles vorbei und ich versuchte, möglichst nicht mehr daran zu denken.

Aber hier stand ich nun, sah Pete Killarny an und dachte daran, wie gern ich ihn nackt sehen würde.

„Hi Pete, ist lange her." Ich lachte, aber es war offensichtlich, dass er keine Ahnung hatte, wer ich war. „Sara. Sara Waters."

# KAPITEL 3

 ete

ALS ICH DEN Stall betrat und die Frau an der Box bei Saoirse sah, hatte ich keine Ahnung, wer sie war. Das Licht, das zur Tür hereinfiel, blendete mich und ich konnte nur sehen, dass sie einen heißen Körper hatte. Ich wollte mehr davon sehen.

Als sie sich zu mir umdrehte und lächelte, schien sie mich zu erkennen, aber ich hatte keine Ahnung, wann mir diese umwerfende Frau je begegnet wäre. Aber dann nannte sie mir ihren Namen.

„Was zur Hölle tust du hier?", fragte ich etwas verwirrt und achtete dabei kaum auf meine eigenen Worte.

Sie wirkte vor den Kopf gestoßen. „Freut mich auch, dich zu sehen. So begrüßt man aber keine langjährige Bekannte, die man ewig nicht mehr gesehen hat."

Ich räusperte mich. „Ich ..., äh, tut mir leid. Du hast mich nur auf dem falschen Fuß erwischt. Ich hatte bloß nicht damit gerechnet, dich hier in unserem Stall anzutreffen."

„Ich hatte angerufen und einen Termin ausgemacht. Aber du bist nicht erschienen", sagte sie mit gerunzelter Stirn.

Ich atmete aus und fuhr mir mit der Hand durch das Haar. „Tut mir echt leid. Ich habe mich immer noch nicht daran gewöhnt, jeden Tag in diesen verfluchten Kalender zu schauen. Das Ding ist auf meinem Laptop eingerichtet und ich denke einfach nicht immer dran. Und mit der Erinnerungsfunktion komme ich irgendwie nicht klar. Ich muss mir das wohl noch mal zeigen lassen." Ich nahm mir vor, Emma zu fragen. Natürlich würde meine zwölfjährige Tochter sich mit so etwas besser auskennen als ich.

Aber was machte Sara Waters hier? Es ergab keinen Sinn, dass sie hier im Stall stand und sich Emmas Pferd anschaute. Ihr Anblick hatte mich komplett aus der Bahn geworfen. Das war nicht das Mädchen, das mir ständig und überall hin nachgelaufen war, als wir noch Kinder waren.

Sie lächelte mich an und schließlich erwiderte ich das Lächeln. „Wann haben wir uns denn zuletzt gesehen?"

Sie verschränkte die Arme vor der Brust und lehnte sich gegen die Tür der Pferdebox. „Etwas über zehn Jahre ist das her. Es war irgendeine Veranstaltung hier bei euch, glaube ich. Ich habe dich gesehen, aber wir sprachen nicht miteinander. Du hattest eine Freundin dabei und ich glaube, es war sogar von einer Hochzeit die Rede."

Ich nickte, als mir klar wurde, bei welcher Gelegenheit wir uns zuletzt begegnet sein mussten. „Ja, richtig. Das war Kelly. Wir haben geheiratet."

„Ist sie hier? Kann ich sie kennenlernen?" Sara wirkte aufrichtig interessiert.

Ich schüttelte den Kopf und hob meine linke Hand, um zu zeigen, dass ich keinen Ring mehr trug. „Wir sind nicht mehr verheiratet."

„Oh, das ist schade. Oder nicht? Bist du so glücklicher?"

Ich zuckte die Achseln. „Du weißt ja, wie das ist. Beziehungen kommen und gehen, Kelly war aus meinem Leben ebenso schnell wieder verschwunden, wie sie darin aufgetaucht war. Aber sie hat mir eine wundervolle Tochter geschenkt und dafür werde ich ewig dankbar sein. Darüber hinaus jedoch …, also, in den letzten zwölf Jahren war ich hier, habe auf der Ranch gearbeitet, meine Tochter großgezogen und eben mein Leben gelebt."

„Tja, nun, das klingt, als hättest du reichlich zu tun gehabt."

„Und was ist mit dir?" Ich konnte mich nicht erinnern, sie bei ihrem letzten Besuch hier auf der Ranch gesehen zu haben. Sie hatte sich sehr verändert und es war nur schwer vorstellbar, dass es sich um dieselbe Sara handelte.

„Ich bin auf ein College gegangen und habe studiert,

was man halt so macht. Danach bin ich nach Hause zurückgekehrt, um meinem Vater zu helfen. Und das tue ich immer noch. Ich war mal eine Weile verlobt, aber das hat nicht funktioniert." Sie zuckte mit den Schultern, aber da war etwas in ihren Augen, als sie es sagte. Das Thema war eindeutig nicht erwünscht, ihre Körpersprache war nicht einladend und es wunderte mich, dass sie es überhaupt angesprochen hatte.

„Nun, es ist jedenfalls schön, dich mal wiederzusehen."

Sie legte ihren Kopf schräg und fragte: „Wieso bist du nie zu einem der Derbys gekommen? Das wäre mir aufgefallen, wenn du da gewesen wärst. Zu viel zu tun?"

Ich dachte einen Moment darüber nach. Eigentlich hatte mich nichts so recht vom Waters Derby ferngehalten. Aber über diesem Lebensabschnitt hing ein Schatten und ich wollte nicht mit Sara darüber reden. Wir kannten uns zwar kaum, aber ich hatte oft an sie denken müssen, wann immer ihre Familie erwähnt wurde. Ich wollte weder ihr noch ihrem Vater begegnen. Zu viel von dem, was mit Kelly war, lag mir auf der Seele, und auf der Ranch gab es auch genug zu tun, so dass ich sie nur selten verließ. Ich machte meine Arbeit gern und ich wurde beim Derby nicht unbedingt gebraucht. Dafür hatte man schließlich vier Brüder. Zu irgendetwas mussten sie ja gut sein.

„Dinge kommen dazwischen, du weißt ja, wie das ist. Aber bei dem jetzt anstehenden Derby will ich mal wieder dabei sein."

Sie verzog ein wenig das Gesicht, was mich etwas irritierte.

„Wollen wir in mein Büro gehen und in Ruhe reden?“

Sara zögerte, ging dann aber mit mir zum Ausgang des Stalles. „Wir müssen nicht ins Büro gehen, wir können auch hier alles besprechen, wenn es dir recht ist.“

Ich musterte sie. „Ist alles in Ordnung?“ Ich hatte sie lange nicht gesehen, aber es bedurfte keiner allzu großen Menschenkenntnis, um zu sehen, dass sie etwas zu sagen hatte, was sie nur ungern ansprechen wollte.

Sie seufzte und blieb stehen. Ich wandte mich wieder zu ihr um.

„Um ehrlich zu sein, ist nichts in Ordnung. Und ich habe ziemlich schlechte Nachrichten für dich.“ Ihr Blick huschte hin und her, sie schaute sich um, als wollte sie sichergehen, dass niemand uns zuhörte.

„Nun sag schon, was ist los?“

Sie sah wirklich bedrückt aus und ich konnte mir nicht vorstellen, woran das liegen mochte. War ihr Vater krank? Oder fiel das Derby ins Wasser?

„Du kannst deine Pferde dieses Jahr nicht im Derby laufen lassen.“

Es dauerte einen Moment, bis ich ihre Worte wirklich erfasst hatte. Das ergab doch keinen Sinn. Meinte sie das im Ernst? Seit dem ersten Derby war immer ein Pferd der Killarnys am Start gewesen. Und dieses Jahr würde es ein besonders wichtiges Rennen werden. Sie konnte doch nicht ernsthaft von uns erwarten, dass wir fernbleiben würden.

„Das musst du mir schon erklären, denn ich sehe keinen Grund, warum wir nicht teilnehmen sollten", erwiderte ich ganz direkt.

Sie seufzte und rollte mit den Augen. „Hör zu, Pete. Ich will das hier eigentlich nicht tun müssen. Ich will auch nicht in irgendetwas reingeraten, was hier abläuft. Aber mein Vater hat einige Bedenken und daher halten wir es für klüger, wenn ihr dieses Jahr nicht an unserem Derby teilnehmt. Ich möchte eigentlich nicht weiter ins Detail gehen. Ich will auch niemandem zu nahe treten." Sie holte einen Scheck aus ihrer Tasche und hielt ihn mir hin. „Hier, die volle Summe, die ihr zur Anmeldung bereits gezahlt hattet. Jeder Cent. Natürlich behalten wir euer Geld nicht, wenn ihr nicht teilnehmt. Bitte nimm es und lass dir versichern, dass es mir sehr leidtut, aber es geht nicht anders."

Ich blickte sie misstrauisch an. „Was soll das heißen, es geht nicht anders? Wieso? Weil dein Vater es dir aufgetragen hat?"

Sie straffte die Schultern und schob trotzig das Kinn vor. „Ich handele lediglich im Interesse unseres Geschäftes. So läuft es eben. Wenn du damit ein Problem hast, dann sag es mir und wir klären das hier auf der Stelle."

Ich kicherte und blickte auf den Scheck in ihrer Hand. „Im Ernst? Ken Waters schickt sein kleines Mädchen, um für ihn das Geschäft zu erledigen? Was für ein schlechter Witz."

„Ich bin kein kleines Mädchen", erwiderte sie scharf. Ihr Ton war tatsächlich nicht der eines Mädchens. Sie war eine Frau. Ich hatte sie vorhin schon ziemlich attraktiv gefunden. Aber jetzt, da sie zeigte, dass sie Macht besaß, turnte mich das erst recht an. Bloß würde ich ihr im Leben nicht zeigen, dass es mich beeindruckt hatte.

„Wieso zeigt dein Daddy denn keine Eier und erledigt das selbst? Weißt du überhaupt, worum es geht?"

Sara nickte. Aber ich bezweifelte, dass sie auch nur ansatzweise wusste, wie viel böses Blut es in der Vergangenheit zwischen unseren Vätern gegeben hatte.

Ich schüttelte den Kopf. „Blödsinn! Und ich wette, wenn du deinen Vater fragen würdest, was seine Gründe sind, dann käme er mit irgendeinem Scheiß um die Ecke, wieso wir nicht teilnehmen dürfen. Würde mich auch nicht wundern, wenn er uns irgendetwas Illegales unterstellt. Das hört sich ganz nach deinem Vater an. Tja, Sara, du kannst den Scheck wieder mitnehmen und deinem Daddy sagen, er kann ihn sich in den Hintern schieben. Wir nehmen das Geld nicht an. So springt man nicht mit den Killarnys um, außerdem wir haben bereits einen gültigen und unterschriebenen Vertrag. Wenn du verhindern willst, dass wir an dem Rennen teilnehmen, dann besorg dir besser einen Anwalt. Und dann muss dein Vater verdammt gute Gründe vorbringen, mit schlüssigen Beweisen, bevor er uns davon abhalten kann, an dem Derby teilzunehmen."

Ich hoffte, dass mein ernster Ton ausreichen

würde, um sie umzustimmen, aber sie war wie ein Hund mit einem Knochen, sie ließ nicht locker.

„Dann werden wir eben den Sheriff rufen und lassen euch nicht auf das Gelände. Wenn mein Vater sagt, ihr hättet etwas getan, was euch disqualifiziert, dann vertraue ich ihm, und ihr seid raus." Sie packte meine Hand und stopfte den Scheck hinein. Aber bevor sie gehen konnte, fasste ich sie und zog sie an mich.

„Was zur Hölle?" Ich hielt sie fest, unsere Körper pressten sich aneinander. Ich stand in Flammen, ihre Nähe heizte mich an. Ich konnte mir nicht erklären, wie sie einen solchen Effekt auf mich haben konnte, aber ich wollte andererseits auch nicht, dass es aufhörte.

„Was glaubst du denn, wer du bist?", knurrte ich bedrohlich. „Du tauchst hier einfach auf, gehst in meinen Stall und bedrohst mich? Du glaubst deinem Daddy? Nun, dann hör mir mal gut zu. Dein Daddy ist das eigentliche Problem. Willst du wissen, was es ist? Dann frag ihn doch. Das ist seine Sache. Aber denke ja nicht, du könntest hier einfach reinkommen, Forderungen stellen, mit dem Scheck wedeln und jahrzehntelange Derbygeschichte einfach so auslöschen."

Sara schaute mich wütend an und ich rechnete damit, dass sie mir ins Gesicht spucken würde. Sollte sie es nur versuchen, dachte ich. Sie würde schon sehen, was sie davon hätte.

„Hör zu, Pete ..." Sie wand sich in meinem Griff und ich hielt sie noch fester. Ich hoffte, dass niemand plötzlich hereinkommen und diesen seltsamen, und doch befriedigenden Augenblick stören würde. Von außen betrachtet musste es einen ganz anderen Eindruck machen. „Ich will keinen Streit mit dir anfangen. Du musst doch einfach nur das Geld nehmen und wegbleiben. Weitere Probleme sehe ich da nicht. Ich will euch doch keinen Ärger machen. Aber mein Vater hat nun einmal angewiesen, dass ihr nicht teilnehmen könnt. Wenn ihr in zwei Wochen bei uns auftaucht, dann werden die Sheriffs da sein und euch vom Gelände eskortieren."

Ich beugte mich vor, so dass unsere Gesichter nur wenige Zentimeter voneinander entfernt waren. Am liebsten hätte ich sie an Ort und Stelle geküsst, aber das wäre zu leicht gewesen. Die Zeit dafür würde schon noch kommen. Für den Moment ließ ich es gut sein.

„Ich fordere ihn heraus. Wir werden's ja sehen", sagte ich, ließ sie los und ging Richtung Haus.

Ich ballte die Hände zu Fäusten und drehte mich nicht nach ihr um, während ich immer weiter ging. Sie hatte den Scheck wieder in ihrer Hand und darauf kam es an. Würde sie versuchen, ihn per Post zu schicken oder meiner Sekretärin in die Hand zu drücken, würden wir ihn postwendend wieder hinschicken. Wir wollten das Geld nicht wiederhaben. Wir wollten am Derby teilnehmen. Und wenn die Hölle zufror, wir würden dennoch dabei sein. Nichts würde uns davon abhalten.

Das musste alles mit dem Ärger zwischen unseren Vätern zu tun haben. Niemand sprach darüber und ich hatte auch kein Interesse an irgendwelchen Details, das sollten die beiden unter sich ausmachen, aber nicht so, wie Ken Waters es nun versuchte. Das war feige. Außerdem hatten wir nichts mit der Sache zu tun, was auch immer damals zwischen den beiden Männern vorgefallen war, betraf uns alle anderen eigentlich nicht.

Ich betrat das Haus und schlug die Tür zu, dann ging ich in die Küche. Emma saß am Tisch und aß, während sie nebenbei Hausaufgaben erledigte. Ihr Anblick ließ meinen Zorn verrauchen, den ich eben noch bei Sara empfunden hatte. Ich wollte nicht, dass meine Tochter mich je wütend erlebte, egal wie sehr Sara mich erzürnt hatte. Für Emma war ich ein Fels in der Brandung und sie sollte immer mit allen Sorgen zu mir kommen können. Sie sollte nie Angst vor mir haben, egal worum es ging.

„Hey, Spatz", sagte ich sanft. Mein Puls beruhigte sich wieder und ich holte mir ein Glas Wasser. Ein Whisky wäre mir nach diesem Showdown im Stall zwar lieber gewesen, aber der musste noch warten.

„Hey, Dad. Was ist los? Wer war denn die Frau? Amy meinte, du hättest einen Geschäftstermin?"

Ich wedelte mit der Hand in der Luft herum und nahm einen großen Schluck Wasser, dann wischte ich mir mit dem Handrücken über den Mund.

„Ich kannte sie von früher."

Emma sah mich vielsagend an. „Du bist mit ihr ausgegangen."

Ich verschluckte mich beinahe an dem Wasser. „Absolut falsch."

„Wieso nicht?" Emma stellte unendlich viele Fragen

und in letzter Zeit häufig zum Thema Dating. Keine Ahnung, ob sie das im Fernsehen sah oder darüber las, aber offenbar hatte sie beschlossen, der Tatsache, dass ich nie Verabredungen hatte, ein Ende zu bereiten.

Ich schüttelte den Kopf. „Wir kannten uns, als wir in deinem Alter waren. Aber wir sind nie miteinander ausgegangen. Sie war nie mein Typ." Ich dachte daran, wie Sara früher ausgesehen hatte. Dabei fiel mir ihr schräges Grinsen wieder ein, dass selbst dann noch niedlich war, als sie die Zahnspange bekommen hatte.

„Aber jetzt seid ihr beide erwachsen. Ist sie immer noch nicht dein Typ?"

„Dieses Gespräch bewegt sich zunehmend über deinem Kompetenzradius. Wie sieht es denn mit deinen Hausaufgaben aus?"

Sie verzog das Gesicht und schob mir ihr Schulbuch hin. „Hetty hat mir Algebra aufgegeben. Es ist nicht so schwer, aber da sind eine Menge x-e zu errechnen."

„Meine Ex-e war auch immer unberechenbar", meinte ich und sah mir ihre Rechnungen an. „Also, ganz ehrlich, ich glaube nicht, dass ich solche Aufgaben vor der neunten Klasse lösen musste. Wieso bist du schon so weit?"

Sie zuckte mit den Schultern. „Das weiß ich auch nicht. Onkel Alex meint, es hätte nichts mit dir zu tun."

Ich musste lachen. „Wie nett. Aber ganz unrecht hat er vielleicht doch nicht. Ich gehe in mein Büro. Ruf mich, wenn du Hilfe brauchst, okay?"

Emma nickte und ich küsste sie auf die Stirn, bevor ich in mein Büro ging, um in Ruhe nachzudenken.

Allzu lange blieb es nicht bei dieser Ruhe. Ich überlegte gerade, wie es sich auswirken würde, wenn wir tatsächlich nicht am Waters Derby teilnehmen würden, als es draußen fürchterlich donnerte und sofort darauf anfing, heftig zu regnen. So war der Frühling im Süden eben, damit war zu rechnen, daher war ich nicht überrascht. Was mich aber ziemlich überraschte, war die Türklingel und die Person, die auf der anderen Seite der Tür stand.

# KAPITEL 4

 ara

„JETZT MACH SCHON, verdammt!" Ich beschwor meinen Wagen, endlich anzuspringen und drehte erneut die Zündung um. Aber es half nichts. Das Ding machte keinen Mucks und das ständige Starten machte es sicher nicht besser. Ich war gerade einmal eine Meile die Zufahrtsstraße zur Killarny-Ranch heruntergefahren, als der Wagen stehenblieb. Es war aussichtslos, damit die drei Stunden Rückfahrt zu überstehen, wenn ich nicht einmal die Hauptstraße erreichte.

„Mistkarre." Aber eigentlich war der Wagen erst ein paar Jahre alt und außerdem ziemlich teuer. Ich hatte mich dazu entschieden, das Auto zu kaufen, kurz nachdem Dalton und ich uns verlobt hatten. Wir waren schon einige Jahre zusammen und es war von

Kindern die Rede, daher war es mir sinnvoll erschienen, das bei einem Autokauf zu berücksichtigen und einen Familienwagen zu kaufen.

Da aber all diese Pläne den Bach runtergingen, wirkte das große Auto für mich allein vielleicht ein wenig lächerlich. Aber ich hatte ihn nun einmal und damit basta. Bloß saß ich nun damit fest, keine Meile von den Killarnys entfernt, noch immer auf deren Land, und die blöde Karre wollte einfach nicht wieder anspringen. Ich wollte keine Sekunde länger als nötig hier verweilen, und nun so etwas.

Ich nahm mein Handy und wählte die Nummer vom Pannendienst. Es würde zwei Stunden dauern, bis die hier waren, und dann wäre es bereits nach deren Dienstschluss und sie würden mich erst am nächsten Morgen abschleppen. Ich legte wieder auf. War wohl ein stressiger Tag für den Pannendienst. Ich stieg aus und blieb eine Weile ratlos an der Straße stehen. Bis zur nächsten Ortschaft waren es weitere zehn Meilen. Bestimmt gab es da auch einen lokalen Abschleppdienst und ein Hotel zum Übernachten. Aber ich wusste die Nummer der Werkstatt nicht und der Internetempfang hier draußen war so schwankend, dass eine Online-Suche auch nicht wirklich funktionierte.

Nein, mir blieb nur eine einzige Lösung. Ich musste umkehren und den Hügel wieder hinaufgehen zum Haus der Killarnys und fragen, ob ich ihr Telefon benutzen durfte.

„Das Schicksal will mir eine Lehrstunde erteilen, wie ich meinen Stolz überwinden soll", sagte ich zu mir selbst, während ich den Weg zurück zum Haus ging. Der Anblick des Gebäudes schien mich zu verspotten. Irgendwo da drin war Pete Killarny, dieser lächerliche Typ, der mir wegen des Derbys das Leben schwer machte.

Ich hatte vorhin den Eindruck gehabt, dass er auf mich stand, aber ich ging davon aus, dass es sich höchstens um eine rein körperliche Anziehung handelte, die aus der Situation heraus entstanden war. Er war mit den Jahren ein ziemlich heißer Typ geworden und es war so lange her, seit ich mit jemandem zusammen gewesen war, daher hatte ich auch eine sexuelle Anziehung empfunden. Allerdings würde ich dem keinesfalls nachgeben. Nein, ich bestand nicht nur aus tierischen Trieben, die mich nach ihm gelüsten ließen. Als er mich an sich gezogen hatte, war ich mir fast sicher gewesen, dass er mich küssen würde. Ein wenig hatte ich es sogar gehofft. Ich erinnerte mich noch an unseren ersten Kuss, als wäre es gestern gewesen. Ich hatte ihn mir gestohlen und seine Reaktion war nicht gerade ermutigend gewesen: zuerst überrascht und dann enttäuscht. Kein Wunder, ich war ja noch ein kleines Mädchen und total verklemmt. In dem Alter findet man das nicht niedlich. Bestimmt hatte er damals noch nicht einmal ein Interesse für Mädchen entwickelt. Wahrscheinlich hatte ich ihn bloß davon abgehalten, loszulaufen und mit seinen Brüdern zu spielen. Jedenfalls erinnerte ich mich noch sehr lebhaft daran, dass ich ihm ständig nachlief und ihn bedrängte, mit mir zu spielen.

Wie anders war die Situation doch heute. Zwanzig

Jahre waren vergangen, seit ich das erste Mal Pete Killarny geküsst hatte. Wir waren heute völlig andere Menschen. Ich wusste nichts über seine Scheidung, es ging mich auch nichts an, aber es war offensichtlich, dass er nicht sehr freigiebig mit privaten Informationen war. In dem Punkt hatte er sich nicht so sehr geändert. In anderen Dingen hingegen sehr.

Und er war Vater geworden. An den Gedanken musste ich mich erst einmal gewöhnen. Ich fragte mich, ob einer der anderen Killarny-Brüder verheiratet war und Kinder hatte. Auf dem riesigen Anwesen waren mehrere Wohnhäuser verteilt, größer als die Hütten der Rancharbeiter. Ich nahm also an, dass dort die anderen Brüder mit ihren Familien lebten. Sean Killarny hatte für seine Jungs gesorgt, von daher war es nachvollziehbar, dass Pete ihm gerecht werden wollte.

Natürlich ging er davon aus, dass er das Recht hatte, an unserem Derby teilzunehmen. Allein schon aus dem einfachen Grund, weil seine Familie seit dem allerersten Derby immer dabei gewesen war. Außerdem bezahlten sie einen großen Batzen Geld, um teilzunehmen. Ich bedauerte es, eine so langjährige Partnerschaft einfach zu beenden, erst recht ohne schlüssige Erklärung. Aber mein Vater hatte mir nicht viel mitgeteilt, nichts, was ich mit Pete hätte besprechen können. Über Doping machte man keine Witze und man beschuldigte auch niemanden ohne Beweise. Wer es nicht glauben wollte, der glaubte es auch nicht. Aber wer der Ansicht war, dass es legitim war, die Pferde mit unlauteren Mitteln zu verbessern, der tat es eben auch und setzte alles daran, diesen Umstand zu vertuschen. Natürlich war es riskant, einfach so eine Anschuldigung in den Raum zu stellen, erst recht, wenn die Beweise fehlten.

Aber betraf das wirklich das Gestüt der Killarnys? Auf meinem Weg zum Haus sah ich mich um. Der Eingang des großen Gebäudes war ein wenig von Pekannussbäumen verdeckt. Dies war die größte Pferderanch des ganzen Bundesstaates. Ein so traditionsreiches Unternehmen illegaler Machenschaften zu beschuldigen war gefährlich, wenn es stimmte, und dumm, wenn es nicht stimmte. Mein Vater hatte keinerlei Beweise, von denen ich gewusst hätte. Nur sein Bauchgefühl, mehr nicht. Wenn er Beweise hätte, dann wäre er doch sicher damit zu den Behörden gegangen?

Die ganze Geschichte konnte sich außerdem auf die anderen Teilnehmer auswirken, das durfte man nicht vergessen. Ich war mir nicht sicher, ob mein Vater darüber nachgedacht hatte, wie das für andere regelmäßige Teilnehmer des Derbys aussehen konnte. Wenn wir einen der ältesten Teilnehmer einfach so ausschlossen, ohne die geringste Erklärung, zu was wären wir dann sonst noch fähig? Die Sache könnte sich zu einer riesigen Geschichte ausweiten, wenn sonst niemand von diesen Dopingvorwürfen wusste. Ich würde das Thema auf keinen Fall anschneiden, solange mir auch nur der geringste Beweis fehlte. Meiner Ansicht nach war das eine Angelegenheit der Justiz. Wir hingegen wollten nur den Ruf unseres Derbys wahren. Aber von außen betrachtet konnte man schon den Eindruck gewinnen, dass wir einfach sehr wählerisch und willkürlich waren, was die Teilnehmer anging.

Ich blieb stehen, die Autoschlüssel noch immer in der Hand, und sah hinauf zum Haus. Es waren noch wenige Schritte zur Haustür. Ich hasste die Vorstellung, mich hier nun anbiedern zu müssen, aber es gab keine andere Lösung. Und dann wandte sich das Schicksal endgültig gegen mich. In der Ferne blitzte es, der Himmel öffnete seine Schleusen und binnen weniger Sekunden war ich nass bis auf die Knochen. Ich rannte das letzte Stück bis zur Haustür.

Ich klingelte zum zweiten Mal an diesem Tag, aber dieses Mal war ich triefnass und musste wohl aussehen wie eine ertränkte Ratte. Wie beim letzten Mal öffnete mir eine Frau die Tür und sah mich mitfühlend an.

„Hi," sagte ich und lächelte höflich. „Wäre es vielleicht möglich, Ihr Telefon zu benutzen? Mein Wagen ist keine Meile von hier stehengeblieben und …" Ich wedelte mit meinem Handy herum. „Der Empfang hier draußen ist gelinde gesagt schlecht."

Sie nickte. „Aber sicher, Schätzchen, kommen Sie doch erst einmal aus dem Regen. Da kommt aber auch was runter. Hier draußen ist der Netzempfang wirklich schlecht, aber Sie dürfen selbstverständlich unser Telefon benutzen. Hier in der Eingangshalle steht eines, das können Sie nehmen. Ich sage nur schnell Mr. Killarny Bescheid. Er wird sicher wissen wollen, dass Sie ein Problem haben. Er kann sicher einen Abschleppdienst bestellen."

„Oh, nein, bitte bemühen Sie sich nicht. Ich

brauche nur die Nummer einer Werkstatt." Aber sie hatte sich bereits auf den Weg gemacht, den Flur hinunter.

Na toll. Ich würde mich also ein weiteres Mal mit Pete Killarny auseinandersetzen müssen. Und dieses Mal triefte ich den ganzen Eingangsbereich voll. Ich betrachtete das altmodische Telefon mit Wählscheibe. Es hätte in einen Palast gepasst. Sicher stand es hier eher zu Dekorationszwecken, als Erinnerung, wie es hier vor hundert Jahren ausgesehen hatte. Ein Telefonbuch entdeckte ich nirgends. So etwas brauchte man heutzutage einfach nicht mehr. Die Nummer der lokalen Auskunft wusste ich natürlich auch nicht. Ich hätte schon den Notruf wählen müssen, um hier wegzukommen und nicht noch einmal auf Pete zu treffen.

„Ich hätte nicht gedacht, dass wir uns so schnell wiedersehen", sagte Pete, als er um die Ecke kam und mich sah. Ich spürte seinen Blick auf meinem Körper und ich hätte mich gern bedeckt. Ich war nass bis auf die Haut und die Klimaanlage ließ mich frösteln. Meine Nippel richteten sich unter dem dünnen Stoff meiner weißen Bluse auf. Ich hatte komplett vergessen, was ich angezogen hatte. Pete bekam einiges zu sehen, was mich gleichermaßen verärgerte und auf seltsame Weise erregte.

Ich straffte mich und bemühte mich um ein würdevolles Auftreten. „Ich hatte auch nicht erwartet, so schnell wieder herzukommen. Und ich verspreche, ich werde deine Zeit nicht in Anspruch nehmen. Ich brauche lediglich die Nummer eines Abschleppdienstes und dann mache ich mich sofort auf den Weg in die Stadt."

Pete schüttelte den Kopf. „Nein, wir kümmern uns schon um dich. Außerdem ist Nolan, der Mann von der Werkstatt, ist nicht der Schnellste. Er würde frühestens in drei Stunden hier sein. Er macht seine Arbeit sehr ordentlich, aber er hat es nie besonders eilig damit, wenn du verstehst, was ich meine."

Ich seufzte niedergeschlagen. „Was schlägst du also vor?"

„Meine jüngeren Brüder kennen sich ziemlich gut mit Autos aus. Ich sage Sam und Stephen, dass sie sich deinen Wagen einmal ansehen sollen, sobald sie zurück sind." Er rieb sich den Nacken und musterte mich erneut. Seine Stimme klang zu meinem Erstaunen auf einmal ein wenig unsicher. „Ich fürchte, du wirst vielleicht die Nacht hier verbringen müssen. Ich meine, wir können dich natürlich in die Stadt fahren, aber um ehrlich zu sein, ist das Motel dort nicht sehr empfehlenswert. Und das B&B ..., tja, das ist Wochen im Voraus ausgebucht, von Leuten, die gern die Höhlen in der Gegend besichtigen wollen."

Ich war ebenso wenig begeistert von der Aussicht, die Nacht hier zu verbringen wie Pete.

„Ich will wirklich keine Umstände machen, erst recht nicht, nachdem ..."

„Nachdem du versucht hast, mich vom Derby auszuschließen? Das Schicksal kann schon echt gemein sein, was?" Er schüttelte den Kopf und lächelte. „Vielleicht sollten wir vorübergehend so tun, als hätte das erste Gespräch nie stattgefunden. Und ..." Er sah sich um, ob uns jemand eventuell zuhörte. „Meine Tochter lebt hier bei mir und du wirst ihr bestimmt über den Weg laufen, daher wäre es nett, wenn du das ganze Thema einfach nicht erwähnst. Wir klären das unter uns beiden, sie muss da nicht mit reingezogen werden. Sie hat mit dem Streit zweier alter Männer nichts zu tun. Sie liebt ihren Großvater und ihre Großmutter war sehr wichtig für sie. Es gibt keinen Grund, an dieser Beziehung zu rütteln."

Ich fragte mich, warum er Sean und Emily Killarny überhaupt erwähnte, aber dann fiel mir wieder ein, dass seine Mutter vor nicht allzu langer Zeit gestorben war. Offenbar sah er etwas von meiner Irritation auf meinem Gesicht.

„Ja, meine Mutter war eine der wichtigsten Personen in ihrem Leben. Ich will nicht, dass meine Tochter sich wegen irgendetwas Sorgen macht. Und sie ist ziemlich clever. Sie kommt den Dingen meist sehr schnell auf die Schliche."

Ich nickte. „Mach dir keine Sorgen, ich werde nichts sagen."

Er kaute auf seiner Unterlippe herum und schaute mich an. „Du musst doch frieren. Ich weiß nicht, ob wir irgendetwas haben, das dir passen könnte, aber ich zeige dir, wo du eine heiße Dusche nehmen und dich umziehen kannst. Wir finden schon was für dich."

Pete führte mich die Treppe hinauf in eines der Gästezimmer, das früher einmal eines der Kinderzimmer der Jungs gewesen sein musste.

„Mein altes Zimmer", sagte er, als hätte er meine Gedanken gelesen. „Da ist das Bad. Es hat auf der anderen Seite eine zweite Tür zu einem Schlafzimmer, also achte darauf, dass du abschließt. Allerdings benutzt niemand das Zimmer, es droht dir also eigentlich keine Gefahr." Er ging zu einer Kommode und öffnete eine Schublade. „Viel Auswahl ist es nicht, aber irgendetwas solltest du wohl finden, das dir passt. Tut mir leid, wir haben keine Bekleidung für Frauen im Haus."

Ich lachte, was die angespannte Stimmung zwischen uns ein wenig auflockerte. Ich war auch ein wenig erleichtert, dass ich mir wegen des Wagens keine Gedanken mehr machen musste. So wütend ich noch immer auf Pete war, so wusste ich dennoch, dass er sich um alles kümmern würde. Ich mochte die Vorstellung nicht, die Kontrolle jemand anderem zu überlassen, aber manchmal ließ sich das einfach nicht vermeiden und dann musste man eben sehen, wie man irgendwie durchkam.

Pete stand nahe bei mir und ich konnte die Wärme seines Körpers spüren, die durch die nassen Sachen drang. Tief in mir schien etwas zu erwachen und mir wurde bewusst, wie sehr mich seine Nähe anmachte. Ich konnte seinen Geruch wahrnehmen, eine Mischung aus Schweiß, Heu und Morgentau. Ich musste mich zusammenreißen, um ihm nicht um den Hals zu fallen.

„Wir essen in etwa einer Stunde. Wasch dich und zieh dir etwas Bequemes an, dann sehen wir uns gleich unten wieder."

Er schloss die Tür hinter sich und ich atmete tief durch. Es war lange her, dass ich mir wünschte, ein

Mann würde mir die Kleider vom Leib reißen und mich hart ficken, aber genau so ging es mir mit Pete Killarny. Ich versuchte, den Gedanken abzuschütteln, während ich mir die nassen Sachen auszog und ins Bad ging.

BEKLEIDET mit einem alten Karohemd und einer Jeans, die offenbar einmal Pete gehört hatte, als er noch ein Teenager war, saß ich lachend am Esstisch, zusammen mit Pete und seiner Tochter Emma. Sie aß schnell auf, denn sie hatte eine Verabredung zu einer Pyjamaparty bei einer Freundin, die auf einer benachbarten Ranch lebte. Daher verabschiedete sie sich beizeiten und ließ mich mit ihrem Vater allein.

„Sie ist wirklich clever und sehr süß", sagte ich. „Dir ist hoffentlich klar, dass da noch riesige Probleme auf dich zu kommen."

Pete seufzte. „Ja, verdammt. So ist das eben, wenn man eine Tochter hat. Das war das erste, was man mir im Krankenhaus nach der Geburt sagte. Dass sie einen um den Finger wickeln würde, von der allerersten Sekunde an, und so war es auch." Er schüttelte den Kopf und sah aus, als würde er sich an verschiedene Momente in der Vergangenheit erinnern. „Ich hoffe, ich habe alles richtig gemacht. Meine Mutter war nach meiner Scheidung eine sehr große Hilfe. Ohne sie hätte ich es nicht hingekriegt. Sie hatte sich immer eine Tochter gewünscht, daher war eine Enkelin ein großes Geschenk für sie. Ich bin froh, dass sie es genießen konnte."

Ich lächelte und nahm einen Schluck Wein. „Ich bin sicher, sie hatte viel Freude an Emma. Es tut mir sehr leid, dass sie gestorben ist, Pete. Es ist lange her, seit ich sie zuletzt gesehen hatte, aber sie war immer sehr nett zu mir, erst recht, nachdem meine Eltern sich hatten scheiden lassen."

Er verzog das Gesicht, offenbar behagte ihm das Thema Scheidung nicht, daher ließ ich es sein.

„Aber ihr habt ja offenbar alle eine sehr gute Beziehung zueinander, ich bin sicher, dass es Emma viel bedeutet. Sie wird das nicht vergessen."

Er räusperte sich. „Wollen wir mit dem Wein nach nebenan gehen? Es ist nachts noch ziemlich kühl und ich habe einen Kamin nebenan. Manchmal genieße ich abends ein Glas Scotch am Kamin."

Ich sah erstaunt auf. „Aber keine Zigarre?"

Er runzelte die Stirn und schüttelte den Kopf. „Auf keinen Fall."

„Dann sehr gern", sagte ich und stand auf. Er schenkte mir noch ein Glas Wein ein und ging voraus. Unterdessen fragte ich mich, was dieser Abend noch bringen würde.

# KAPITEL 5

ete

ICH HATTE NICHT DAMIT GERECHNET, einen Gast zu haben. Und wie verrückt, dass es sich ausgerechnet um Sara Waters handeln würde. Damit hatte ich nun erst recht nicht gerechnet. Aber so überraschend es auch war, es erstaunte mich, wie sehr ich ihre Gesellschaft genoss. Sie war unterhaltsam, clever, witzig und hatte einen großartigen Sinn für Humor, ganz abgesehen von allem anderen. Wir waren zusammen aufgewachsen, aber dann hatten sich unsere Wege nicht mehr gekreuzt. Es war seltsam, sie nach all den Jahren wieder hier zu sehen und über alte Zeiten zu plaudern. Es war aber auch nett und es machte mir deutlich, wie sehr ich es vermisste, mich mal mit anderen Erwachsenen zu unterhalten, die nicht meine Brüder waren.

Sofern man meine Brüder überhaupt als erwachsen bezeichnen konnte.

Aber das, was die ganze Zeit wie ein Damoklesschwert über unserem Gespräch hing, während sie ihren Rotwein trank und ich mir einen fünfzehn Jahre alten Dalwhinnie genehmigte, war der eigentliche Grund, warum sie heute hergekommen war. Ich wusste, es steckte mehr dahinter, als sie mir sagen wollte, aber sie war offenbar nicht bereit dazu oder hatte vielleicht auch gar nicht die Erlaubnis von ihrem Vater, etwas darüber zu sagen, warum man uns vom Derby fernhalten wollte.

Was auch immer Sara zu sagen gehabt hätte, ich kannte ohnehin die Wahrheit. Es hing mit dem Streit unserer Väter zusammen. Über die Jahre war daraus Verbitterung geworden, zumindest offenbar bei Ken Waters. Ich hatte den Eindruck, dass mein Vater mit der Zeit milder in seinem Urteil geworden war, was seinen einstmals besten Freund anging. Denn immerhin hatte er einfach weiter sein Leben gelebt, als wäre nichts gewesen, was er doch sonst sicher nicht so leicht hätte tun können. Was auch immer Kens Problem war, es war allein seine Sache. Er trug das schon mit sich herum, bevor ich geboren wurde. Ich konnte nichts daran ändern, selbst wenn ich seine Sichtweise für gerechtfertigt hielte oder nicht.

Was allerdings keineswegs gerechtfertigt war, war die Art und Weise, wie er nun die gesamte Familie dafür bestrafen wollte für etwas, das er eigentlich meinem Vater anlastete. Wir waren nicht verantwortlich für das, was dereinst zwischen den beiden vorgefallen war. Und ich betrachtete es als persönliche Beleidigung, dass Ken Waters nicht den Mumm hatte, es uns selber direkt ins Gesicht zu sagen. Hätte Sara Waters nicht diese Autopanne gehabt und Hilfe gebraucht, wäre ich wahrscheinlich schon auf dem Weg nach Tennessee gewesen, um Ken gehörig meine Meinung zu sagen. Ich fand es unmöglich, dass er Sara schickte, um für ihn die Drecksarbeit zu erledigen. Und er schien tatsächlich zu glauben, dass wir einfach brav Männchen machten und taten, was er verlangte.

Die Killarnys besaßen jede Menge Macht und Einfluss. Unsere Familie gab es schon ewig in Kentucky. Wir hatten das Pferderennen zu dem gemacht, was es heute war. Und Ken Waters würde uns das weder nehmen noch würde er unseren guten Namen besudeln. Im Gegenteil, wenn er uns attackierte, brachte er sich selbst in Schwierigkeiten. Wenn er uns vom Derby ausschloss, würden viele unserer Freunde eine Menge Fragen stellen. Vielleicht glaubte Ken tatsächlich, das sei eine reine Angelegenheit zwischen unseren Familien, aber sobald diese Sache die Runde machte, würde er vielen Leuten Rede und Antwort stehen müssen.

Ich war mir absolut sicher, dass er auf keinen Fall über die wahren Gründe für seine Absage reden wollte. Ich hatte keine Ahnung, was er Sara erzählt hatte, aber es musste wohl ziemlich übel gewesen sein, denn immerhin hatte sie sich persönlich hierher begeben, um die Sache zu erledigen. Es war offensichtlich, dass sie keine Ahnung hatte, was zwischen unseren Vätern vorgefallen war, daher mussten ihr die Gründe

ihres Vaters natürlich verborgen bleiben. Selbstverständlich vertraute sie ihrem Vater, das war nicht zu
übersehen. Ansonsten hätte sie sich nicht zu seinem
Handlanger gemacht. Und da ich selbst eine Tochter
hatte, die ich sehr liebte, wusste ich, wie eng so ein
Band sein konnte und wie stark das Bedürfnis war,
diese geliebte Person vor allem Ungemach zu
beschützen.

Aber ich wusste auch, ich könnte meine Tochter
niemals belügen. Die Vorstellung, ich würde Emma
losschicken, damit ich selber nicht die Drecksarbeit
machen müsste, schien mir unerhört und löste auch
den letzten Rest Respekt in Luft auf, den ich vielleicht
noch für Ken Waters empfunden hatte.

Ich hätte das Thema von allein nicht noch einmal
angeschnitten, aber Sara wirkte nach ihrem zweiten
Glas Wein ein wenig lockerer und gesprächsbereiter.
Nüchtern hätte sie sicher nicht den Mund aufgemacht.

„Willst du darüber reden, warum ich hier bin?"

Ich zuckte die Achseln und lehnte mich in meinem
Stuhl zurück. Sara saß auf dem Ledersofa und wandte
sich zu mir um. Im Licht des Kaminfeuers schimmerte
ihr dunkelbraunes Haar ganz bezaubernd. Ich wollte
mit der Hand durch die Locken streichen, aber ich
wagte es nicht. Sie war so schön, ich konnte kaum den
Blick von ihr abwenden. Aber solange diese elende
Geschichte zwischen uns stand, konnte alles ziemlich
hässlich werden.

„Worüber du auch immer reden willst, Sara, ich bin
bereit." Ich hatte keine Ahnung, ob sie mir die wahren

Gründe nennen würde, also, die Gründe, die sie für die Wahrheit hielt.

Sie räusperte sich und stellte das Weinglas auf dem Couchtisch ab. „Mein Vater hat mir erzählt, was hier vor sich geht."

„Schieß los."

„Wir müssen keine Details erwähnen. Um ehrlich zu sein, will ich so wenig wie möglich damit zu tun haben. Wenn hier irgendetwas Illegales getrieben wird, dann will nichts davon wissen. Ich versichere dir, es ist nicht persönlich gemeint. Es geht darum, was das Beste für unser Unternehmen ist, ich nehme an, das kannst du nachvollziehen."

Ich nickte, verstand aber immer noch nicht, was ihr Vater für Anschuldigungen gegen uns vorbringen könnte. „Von welcher Art illegaler Aktivität redest du denn, Sara? Ich kann dir versichern, dass hier nichts passiert, was uns von eurem Derby ausschließen würde."

Sie war sofort in Verteidigungshaltung und wollte ohne Frage ihren Vater rechtfertigen, aber ich unterbrach sie sogleich.

„Hör zu, ich weiß, du vertraust deinem Vater. Das ist ja auch nur allzu verständlich. Er ist deine Familie. Verstehe ich. Und ich habe auch eine Tochter, ich weiß, welch enge Bindung da entstehen kann, aber ich möchte, dass du nur für einen Moment mal drüber nachdenkst, dass dein Vater eine eigene Agenda hat und Gefühle, mit denen er Probleme hat. Wie unfair ist es denn, dir das aufzuhalsen, um die Angelegenheit zu erledigen? Uns einfach rauszuschmeißen, aus dem Derby?"

Sara sah mich an, ohne zu blinzeln. „Du musst verstehen, dass ich zwar meine eigene Meinung zu der Sache habe, aber ich vertraue meinem Vater. Wenn er sagt, wir müssen euch dieses Jahr vom Derby ausschließen, dann glaube ich ihm."

Ich war verblüfft. „Im Ernst? Nach all den Jahren, gemeinsamer Geschäftsbeziehungen? Du hältst es nicht einmal für nötig, mir die wahren Gründe mitzuteilen? Nehmen wir für einen Moment mal an, dein Vater hätte recht. Ich hoffe doch, dass du weißt, dass ich ein aufrechter Bürger bin. Wenn hier irgendwelche Machenschaften vor sich gingen, dann würde ich es wissen wollen, um das Problem auszumerzen."

Das schien sie ein wenig aus dem Tritt zu bringen, denn sie schaute mich verunsichert an. Sara war ein ehrlicher Mensch und sie wollte das Richtige tun, soviel war klar. Aber es war schwierig, dem eigenen Vater zu widersprechen, erst recht, wenn der immer auf deiner Seite gestanden und nie Anlass zum Misstrauen gegeben hatte.

„Denk mal drüber nach, Sara. Wenn du jemanden beim Derby hättest, der illegale Sachen macht oder jemandem schadet, würdest du nicht wissen wollen, wer das ist, um die Sache zu bereinigen?"

Sie nickte und schürzte die Lippen.

„Ich sehe, wir sind einer Meinung. Ich sage dir nun, dass mir nicht der geringste Hinweis vorliegt, dass irgendetwas Illegales in meinem Stall vor sich geht. Und falls doch, dann will ich verdammt noch mal wissen, was es ist und wer dafür verantwortlich ist, damit ich dem ein Ende setzen kann."

Sara holte tief Luft. „Ich sagte dir doch, ich will damit nichts zu tun haben."

„Zu tun haben?" Ich schüttelte den Kopf. „Machst du Witze, Sara? Du bist doch der einzige Grund, warum das Thema auf dem Tisch ist. Niemand sonst hat je etwas von illegalen Machenschaften behauptet, bis du hier aufgetaucht bist. Und ich werde es mit Sicherheit niemandem gegenüber erwähnen, solange ich keine Ahnung habe, was genau du damit gemeint hast."

„Tja, das ist deine Sache. Ich bin nur hier als Bote und meine Nachricht hast du ja bekommen. Ich lasse deinen Scheck bei deiner Sekretärin, wenn ich morgen fahre." Sie stand auf und wollte das Zimmer verlassen.

„Einen Augenblick. Du scheinst es wirklich nicht zu kapieren. Was für Beweise hat dein Vater denn gegen uns? Ich sage dir, was ich weiß. Soweit mir bekannt ist, wird hier im Gestüt nichts Verbotenes gemacht. Und ich weiß über alles hier Bescheid. Wenn dein Vater also auch nur den geringsten Beweis hat, der überzeugend genug ist, dass er ihn zu diesem Schritt bewogen hat, dann sollte ich das doch wohl mitbekommen haben, oder?"

Sara schwieg.

„Aber wenn du mir nichts sagen willst, zu welchem Schluss muss ich dann wohl zwangsläufig kommen?"

Sie schüttelte beleidigt den Kopf und sah aus, als wollte sie weglaufen.

„Ich denke, das kann nur bedeuten, dass du mich

persönlich für den Übeltäter hältst. Du willst mir nicht sagen, was dein Vater uns vorwirft, weil du denkst, ich bin ein Teil davon. Und wenn du zu viel Angst hast, das zuzugeben, dann muss es verdammt gefährlich sein."

„Ich gehe zu Bett. Danke für das Essen." Sie ging Richtung Tür, aber ich sprang auf und hielt sie am Arm fest, bevor sie rausgehen konnte. Sie holte aus, verfehlte mein Kinn aber knapp. „Lass mich los!"

Mein Griff war sanft, aber fest genug. Ich drückte sie gegen die Tür und hielt sie dort fest.

„Du denkst, ich bin kriminell, Sara? Du meinst, ich bin hier derjenige, der Übles im Sinn hat?"

Ich spürte ihren schnellen Puls unter meinem Griff und wollte gern ihren Hals küssen, sie zum Winseln bringen. Ihr Atem ging schwer und trotz unseres Gespräches war ihre Körpersprache eindeutig. Sie wollte mehr davon. Mehr von meinen Berührungen auf ihrer Haut, meinen Atem an ihrem Ohr. Diese Frau wollte mich in sich spüren.

„Pete …"

„Vielleicht bin ich böse", knurrte ich in ihr Ohr und ließ meine Hand langsam vom Arm zu ihrer Brust gleiten. Sie trug keinen BH und ich konnte unter dem Karohemd ihren Nippel spüren. Sie seufzte auf, als ich ihre Brust knetete und ihr mein Bein zwischen die Schenkel schob. Sie war heiß und schloss die Augen. Ich wollte sie hochheben, ihr die Jeans herunterziehen, sie über die Sofalehne beugen und mich in ihr versenken.

Aber sie würde das zu sehr genießen und es wäre

zu schnell vorüber. Ich knöpfte das Hemd ein Stück auf und entblößte ihre spitzen Brüste. Sie waren hinreißend. Ihre rosa Brustwarzen waren hart. Ich beugte mich vor und leckte sie abwechselnd, dann saugte ich sanft daran.

„Oh Gott, Pete …" Sie rieb sich an meinem Schenkel, während ich an ihren Brüsten leckte. Ich konnte spüren, dass sie nach meiner Hose griff, aber ich schob ihre Hände weg und drängte mein Bein noch fester an sie. Sie war so kurz davor zu kommen, ich konnte es an ihrem Atem hören.

Ich wollte sie schreien hören, wenn sie kam, aber ich wollte auch, dass sie noch warten musste. Sie brauchte es so sehr. Ich hatte den Eindruck, es ging um mehr als das, sie brauchte jemanden, der sie fickte und wusste, was er tat. Ich könnte das für sie tun, aber ich wollte, dass sie darum bettelte.

Ich ließ ihren Nippel frei und küsste mich ihren Hals entlang, hinauf zu ihren Lippen.

„Du bist wunderschön", sagte ich. Sie ließ es zu, dass ich sie hochhob und die Treppe hinauftrug. Ich schob die Tür zu ihrem Gästezimmer auf und legte sie auf das Bett. Sie stöhnte und verlangte nach mir. Ich küsste sie noch einmal und zwinkerte ihr zu. Dann drehte ich mich um, verließ das Zimmer und schloss die Tür hinter mir.

„Du bist ein gemeiner Bastard, Pete Killarny", schrie sie. Es bedurfte meiner ganzen Willenskraft, nicht zu ihr zurückzukehren und mir zu nehmen, was mir gehörte. Aber diese Frau musste eine Lektion lernen. Daher blieb sie heute Nacht allein, feucht und verlangend. Sie konnte den Rest der Nacht an mich denken, wenn sie wollte. Natürlich war sie wütend, aber das war mir egal. Sie war hergekommen, um einer jahrzehntelangen Geschäftsbeziehung einfach so ein Ende zu bereiten. So lief das aber nicht.

Ich ging in mein Badezimmer, drehte die Dusche auf, zog mich aus und stellte mich unter den dampfenden Strahl. Sofort waren meine Gedanken wieder bei Sara. Sie war ihrem Orgasmus sehr nahe gewesen. Ich stellte mir vor, wie sie ihre Hände zwischen ihre Beine presste und sich selbst zum Höhepunkt brachte. Der Gedanke machte mich erst recht hart und ich legte meine Hand um meinen Schwanz, masturbierte, während ich daran dachte, wie ich in sie eindringen würde, wenn sie mich anflehte, sie zu ficken.

Es war zu viel, ich kam sehr schnell mit der Vorstellung ihres sich windenden Leibes unter mir. Wir würden das gemeinsam erleben, und zwar schon bald. Sie würde es nicht mehr aushalten, ohne mich zu sein. Ich hatte keine Ahnung, was los war. Seit Ewigkeiten war ich nicht mehr mit einer Frau zusammen gewesen. Sara Waters stand aber jetzt ganz oben auf der Liste. Und das Mädchen, das mich einst über den ganzen Hof verfolgt hatte, würde sehr bald herausfinden, wie es war, wenn man den Spieß umdrehte. Ich hatte ein Auge auf sie geworfen. Und wenn ich etwas haben wollte, dann bekam ich es auch. Auch eine Familienfehde konnte mich nicht davon abhalten, das zu bekommen, was ich am meisten wollte: Sara.

# KAPITEL 6

$S$ ara

DIE ZWILLINGE MUSSTEN irgendeine Art Wunder vollbracht haben, denn als ich am nächsten Morgen aufstand, war mein Auto abfahrbereit. Ich hielt mich nicht damit auf, mich von irgendjemandem zu verabschieden, nicht nach dem, was letzte Nacht zwischen mir und Pete vorgefallen war. Ich hatte keine Ahnung, wer sich sonst noch im Haus aufgehalten und wer weiß was gehört hatte. Als ich mich am nächsten Morgen auf den Weg machte, ließ ich den Scheck auf dem Schreibtisch der Sekretärin zurück und ging dann hinaus zu meinem Wagen. Er ließ sich starten und schon bald war ich auf dem Weg, runter vom Gelände der Killarnys, raus aus Kentucky. Und das hoffentlich für eine sehr lange Zeit.

Meine bisherigen Erinnerungen an die Ranch der Killarnys waren eigentlich durchweg positiv gewesen, aber letzte Nacht hatte sich das geändert. Pete Killarny war ein Schwein. Früher hatte ich gedacht, er wäre ein Gentleman, aber kein anständiger Mann hätte das getan, was er gestern mit mir gemacht hatte. Er hätte mich ficken und ohne ein weiteres Wort einfach wieder gehen können, das wäre nur halb so schlimm gewesen wie das, was er tatsächlich getan hatte. Es gehörte eine gehörige Portion Grausamkeit dazu, eine Frau erst so scharfzumachen und zu denken, dass er mit mir ins Bett geht, nur um mich dann einfach so da liegenzulassen, nass und verlangend.

Das war mehr als nur frustrierend gewesen. Nachdem der Schock nachgelassen hatte, hatte ich mich ausgezogen und versucht, etwas zu schlafen. Aber mir ging einfach zu viel durch den Kopf und es dauerte Stunden, bis ich endlich etwas Ruhe fand. Jetzt war ich endlich auf dem Heimweg. Aber ich wusste, bevor ich in meinem eigenen Bett etwas Schlaf nachholen konnte, würde ich erst mit meinem Vater reden müssen, um ihm zu sagen, wie Pete auf die Nachricht reagiert hatte. Er würde sicher nicht allzu glücklich darüber sein und ich würde mich seinem Zorn aussetzen.

Ich fand es nach wie vor schwierig zu glauben, dass die Killarnys ihre Pferde dopten. Es kam im Pferdesport zwar vor, aber viele dachten inzwischen um und es hatte in den letzten Jahren einige Enthüllungen gegeben.

Auf dem Weg nach Tennessee kam mir etwas

immer wieder in den Sinn, was Pete gesagt hatte. Wenn mein Vater Beweise hatte, wieso ging er damit nicht einfach zu den Behörden? Wenn er etwas wusste, dann musste man die Behörden informieren, damit sie dem ein Ende bereiteten. Die Sache selber in die Hand zu nehmen, wirkte fragwürdig und würde andere Teilnehmer irritieren. Ich wusste, mein Vater würde das Wort Doping zu niemandem in den Mund nehmen. Aber Pete würde mit Sicherheit dafür sorgen, dass alle erfuhren, auf welch ruppige Art und Weise mein Vater die Killarnys vom Derby ausgeschlossen hatte. Die Leute würden dafür Gründe hören wollen und sie würden selbstverständlich annehmen, dass ihnen das dann auch jederzeit passieren könnte. Man würde sich von unserem Derby fernhalten. Warum sollte man das teure Startgeld zahlen und monatelang trainieren, nur um dann in letzter Minute einfach ausgeschlossen zu werden? So ging man mit einem etablierten Stall einfach nicht um, erst recht nicht mit den Killarnys, die nicht nur in Kentucky, sondern weltweit für traditionsreichen Pferderennsport standen. Es kamen Kunden aus Saudi-Arabien und Australien, um deren Pferde zu kaufen. Das waren nicht einfach gute Vollblutpferde, sondern es waren die besten. So eine Erniedrigung würde niemand leicht vergessen.

Und dazu würde es auch nicht kommen, wenn Pete Wort hielt und trotz Ausschluss kommen würde. Ich wusste nicht, ob mein Vater seine Drohung wahrmachen und sie mit Gewalt vom Hof jagen würde, aber allein die Ankündigung machte mir Angst. Wenn Pete und seine Brüder mit Polizeigewalt vom Gelände geführt würden, wäre das ein Spektakel, das selbst in den sozialen Medien noch Wellen schlagen würde. Zwar berichteten die großen Fernsehsender nicht über unser Derby, aber es wurde online gestreamt und hatte hunderttausende von Zuschauern. Noch vor dem Ende des Rennens würden alle wissen, was los war. Ich konnte mir nicht vorstellen, wie leicht sich das Waters Derby von so einem Skandal und schlechter Publicity würde erholen können.

Die Stunden vergingen und endlich kam ich am Haus meines Vaters an. Sein Wagen stand in der Einfahrt und ich verschob alles andere auf später, um ihm sofort alles zu berichten, was sich auf der Ranch zugetragen hatte. Nun, in gewissem Rahmen. Er würde nichts darüber erfahren, was zwischen Pete und mir vorgefallen war. Oder auch nicht vorgefallen war.

Ich traf meinen Vater in seinem Büro an, ausnahmsweise ohne Zigarre, wie er gerade die Schubladen in seinem alten Schreibtisch durchsuchte. Als er mich sah, schloss er die Schublade, zog den Schlüssel ab und steckte ihn in die Hosentasche.

„Wie lief es?", fragte er fröhlich.

Ich ließ mich auf den Stuhl ihm gegenüber fallen und seufzte schwer.

„Ehrlich, Dad, was hast du eigentlich erwartet? Du hast mir den dicken Scheck gegeben und den Auftrag, Pete Killarny zu sagen, er möge zur Hölle fahren. Erwartungsgemäß war er nicht sehr erfreut. Das wäre ich an seiner Stelle auch nicht gewesen. Wir ziehen denen den Teppich unter den Füßen weg. Ich habe kein gutes Gefühl dabei."

Er hustete. „Elsie meinte, du hättest Probleme mit dem Wagen gehabt und musstest dort übernachten?"

Ich nickte. „Ja, Dad. Trotz der schlechten Neuigkeiten, die ich zu überbringen hatte, war Pete freundlich genug, mir zu helfen. Seine jüngeren Brüder haben mein Auto repariert. Ich blieb zum Essen und sie haben mir ein Gästezimmer gegeben. Und jetzt wüsste ich gern, wie du dir die nächsten Schritte vorstellst."

„Wie meinst du das? Du hast ihnen die Nachricht überbracht, damit ist die Sache erledigt."

Ich schüttelte den Kopf. Wie konnte mein Vater das ernsthaft annehmen? „Hast du wirklich geglaubt, Pete Killarny macht einfach Männchen und tut, was du verlangst?"

„Aber klar. Er hat das Geld genommen, oder nicht?"

Ich schloss meine Augen für einen Moment. Mein Vater war in dieser Angelegenheit offenbar vollkommen weltfremd.

„Dad, er hat das Geld nicht genommen. Und ich sehe auch nicht, wie du ihn dazu zwingen kannst. Ich habe den Scheck bei der Sekretärin hinterlegt, aber es würde mich sehr wundern, wenn der je eingelöst wird. Du wirst ihn in ein paar Tagen sicher wieder per Post zurückbekommen."

Mein Vater kaute auf seiner Unterlippe, während er darüber nachdachte und mir wurde bewusst, dass er das offenbar häufig getan hatte in letzter Zeit. Seine Unterlippe war rissig und brüchig, er sah außerdem so aus, als hätte er seit einiger Zeit nicht genug Schlaf bekommen. Unter seinen Augen entdeckte ich dunkle Ringe.

„Nun, du hast ihnen mitgeteilt, dass sie hier nicht willkommen sind und damit ist die Sache erledigt. Sie werden nicht einfach so mit ihren Pferden hier auftauchen, wenn sie nicht zum Rennen zugelassen sind."

Es war unfassbar, dass er so naiv war. „Hast du das mit deinen Anwälten mal besprochen? Ich könnte mir vorstellen, dass es nicht so leicht ist, sie auszuschließen. Der Vertrag war bereits unterschrieben. Ob wir das Geld zurückgeben oder nicht, der Vertrag kann bestimmt nur gerichtlich aufgehoben werden. Einfach so streichen können wir die nicht, mit der bloßen Begründung, dass wir sie nicht dabeihaben wollen."

Er schüttelte den Kopf. „Nein, ich habe nicht mit Terrence darüber gesprochen. Ich dachte nicht, dass es nötig sein würde."

„Aber Dad, du denkst, sie dopen ihre Pferde. Wenn das der Fall ist, dann muss man doch seinen Anwalt einschalten, schon allein um den eigenen Ruf zu schützen. Und um ganz ehrlich zu sein, glaube ich nicht, dass an dem Verdacht etwas dran ist. Pete machte einen ziemlich anständigen Eindruck."

Die Augen meines Vaters wurden zu schmalen Schlitzen. „Wage es ja nicht, ihn zu verteidigen. Sein Vater war Abschaum und der Sohn wird kaum anders sein. Ich will nie wieder hören, dass du ihn verteidigst."

Ich warf die Hände in die Luft. „Ich verteidige ihn doch gar nicht. Ich sage lediglich, was ich beobachtet habe. Er machte den Eindruck eines Mannes, der seine Tochter liebt und für sie und seine Familie alles richtig machen will. Ich habe die Stallungen jetzt nicht gründlich durchsucht, aber Dad, du kennst doch Sean Killarny. Ihr wart so lange miteinander befreundet. Zumindest meine ich mich daran zu erinnern. Wo ich jetzt so drüber nachdenke, war das in letzter Zeit nicht mehr der Fall. Pete scheint der Ansicht zu sein, dass zwischen euch beiden etwas nicht stimmt, aber darüber weiß ich nichts."

„Was hat der Bastard dir erzählt?"

Ich dachte, der springt vom Stuhl, aber er klammerte sich nur mit beiden Händen an den Schreibtisch und fletschte die Zähne. Sein Gesicht war tiefrot angelaufen und seine Augen sprangen ihm beinahe aus dem Kopf.

„Dad, es tut mir leid. Reg dich ab. Du bekommst noch einen Herzinfarkt, wenn du dich so aufregst, nur weil Pete mit mir geredet hat. Er hat eigentlich gar nichts gesagt. Aber er schien den Eindruck zu haben, dass es etwas Privates zwischen euch beiden war und er nicht das Recht hatte, mit mir darüber zu reden." Ich hielt inne und schaute meinen Vater lange an. „Aber du solltest mit mir darüber reden. Wenn etwas im Argen liegt, dann muss ich das wissen. Ich bin Teilhaberin unseres Geschäftes und du bist es mir schuldig, nichts Wichtiges zu verheimlichen. Ich habe hart gearbeitet, seit ich wieder hier bin. Und ich dachte eigentlich, du vertraust mir."

Mein Vater ließ den Kopf hängen und schüttelte ihn. „Es tut mir leid, Sara. Ich sollte das nicht an dir auslassen. Es hat wirklich nichts mit dir zu tun, daher wünschte ich mir, du würdest aufhören, neugierige

Fragen zu stellen. Was mich angeht, so gehört das alles der Vergangenheit an, alles, was Sean Killarny angeht. In letzter Zeit musste ich wieder häufiger daran denken, keine Ahnung warum." Er schwieg einen Moment. Als er weitersprach, hatte seine Stimme einen barschen Ton angenommen. „Aber das ändert nichts an der Tatsache, dass sie sich von unserem Derby fernhalten sollen."

Ich seufzte. Ich bekam langsam das Gefühl, nur noch zu seufzen, wenn ich mit ihm sprach. Aber sein Verhalten war einfach inakzeptabel.

„Und wie stellst du dir das dann vor? Die Killarnys werden in zwei Wochen zum Derby anreisen, mit der festen Absicht, am Rennen teilzunehmen."

Er zuckte die Achseln. „Dann wird der Sheriff da sein, um sie nach Kentucky zurückzuschicken."

Ich schüttelte den Kopf und schlug mit der Hand auf den Tisch. „Das können wir nicht machen. Denk doch mal daran, was das für einen Aufruhr verursachen würde. Die Leute würden Fragen stellen. Das werden sie sowieso, selbst wenn die Killarnys gar nicht erst herkämen. Aber hier vor Ort so eine Szene, das macht es doch noch viel schlimmer! Also, wenn du all den anderen Teilnehmern dann nicht hier Rede und Antwort stehen willst, warum du einen der traditionsreichsten Rennställe einfach so ausschließt, dann solltest du eine bessere Lösung finden."

Er dachte einen Moment nach. „Die Highway Patrol. Sie können sie schon auf der Straße abfangen. Wir halten sie auf."

Dieses Gespräch führte zu nichts. „Dad, das ist

doch keine Lösung. Sie haben einen gültigen Vertrag. Du musst schon mit etwas mehr Sachverstand an die Sache herangehen. Und wenn du das nicht kannst, dann stellen wir uns besser darauf ein, dass die Killarnys kommen werden. Wenn du mich nun entschuldigen würdest ..." Ich stand auf. „Ich muss noch eine Menge erledigen bis zum Derby."

Ich wollte nichts mehr von ihm hören und knallte die Tür hinter mir zu. Aber anstatt in mein Büro zu gehen, wo jede Menge Arbeit auf mich wartete, ging ich lieber hinaus, denn ich brauchte dringend frische Luft nach dem ganzen schwachsinnigen Gerede meines Vaters. Ich musste über eine ganze Menge nachdenken, vor allem darüber, was zwischen meinem Vater und den Killarnys vorgefallen sein mochte. Meine Füße führten mich beinahe automatisch über den Schotter zu dem kleinen Stall. Ich würde Sadie einen Besuch abstatten.

Mein Pferd stand im Stall und freute sich, mich zu sehen, wie immer. Ich sattelte sie, führte sie aus dem Stall, stieg auf und ritt mit ihr ins Gelände. Ein großer Teil unseres Anwesens war dem Derby gewidmet und meistens ging ich in die Reitbahn, die sich hinter dem Haus befand. Hier stand auch unser erstes Haus, das, in dem meine Eltern nach der Hochzeit gewohnt hatten und wo ich geboren wurde. Es lag inmitten großer Pekannussbäume. Inzwischen war es vermietet an einen unserer Mitarbeiter. Ich ritt daran vorbei und dachte beim Anblick des kleinen weißen Hauses an all die schönen Dinge, die ich damit verband.

Allzu viele waren es leider nicht, wenn ich ehrlich

war. Das Ende kam mit der Scheidung meiner Eltern. Ich war erst fünf, als sie sich trennten, und für mich hatte das alles gar keinen Sinn ergeben. Ich wusste nur, dass meine Mutter in ein anderes Haus ziehen würde und ich zwischen zwei Orten würde pendeln müssen.

Aber bis zu dieser Trennung waren wir sehr glücklich gewesen. Zumindest aus meiner Perspektive. Ich hatte keine Ahnung, wie die Beziehung meiner Eltern wirklich war, dazu war ich viel zu klein. Aber die schönen Erinnerungen kamen dennoch zurück beim Anblick des alten Hauses. Diese Gedanken führten unweigerlich zu dem Wunsch, selbst so etwas zu haben. Ich dachte, ich hätte es mit Dalton gefunden, aber das war dann schnell und schmerzhaft beendet.

Aber mit dem Ende dieser Beziehung endeten nicht automatisch auch meine Wünsche und Bedürfnisse. Ich glaubte an die Liebe, auch wenn ich nach dieser Erfahrung Probleme damit hatte, Männern zu vertrauen. Ich glaubte auch an die Ehe, selbst wenn mein Versuch schon vorher gescheitert war. Ich hatte schon lange diesen Traum und er ging nicht weg. Ich liebte Kinder und ich wollte eigene haben. Inzwischen war ich dreißig, mir blieb noch genug Zeit, aber dazu musste ich mich auch aktiv auf den Markt begeben, sonst wurde nie etwas daraus.

Ich ritt seufzend an dem Haus vorbei. Die Scheidung meiner Eltern hatte einige Probleme mit sich gebracht, aber ich hatte mit den Jahren gelernt, damit umzugehen. Ich hatte noch immer ein enges Verhältnis zu meiner Mutter, wir hatten eine wunderbare Beziehung zueinander, aber da ich für das Derby arbeitete, sah ich meinen Vater zwangsläufig häufiger.

Das brachte mich zwangsläufig zurück zum Thema, während ich mit Sadie durch das Gelände ritt. Sie genoss den Ausflug und ich nahm mir vor, das öfter zu tun. Reiten war ein wichtiger Teil meines Lebens gewesen und ich bedauerte, dass ich so selten dazu kam in letzter Zeit.

Mir war bewusst, dass mein Vater mir etwas Wichtiges verschwieg, was ihn und die Killarnys betraf. Pete hatte Andeutungen gemacht, wollte aber nicht näher darauf eingehen. Ich nahm an, aus Respekt für meinen Vater. Und wenn mein Vater ein Problem hatte, dann war er auch derjenige, der mir davon erzählen sollte. Irgendetwas an dem Dopingvorwurf passte hinten und vorne nicht. Ich hatte mir die Unterlagen angesehen und es gab nicht den geringsten Hinweis, dass mit den Pferden der Killarnys irgendetwas nicht stimmte. Aktuelle Daten hatten wir natürlich nicht, denn die letzten beiden Jahre hatten sie nicht teilgenommen. Ich hatte gerüchteweise gehört, dass es dem Gestüt finanziell nicht gut ging, seit dem Tod von Emily Killarny vor ein paar Jahren. Seit ihrem Tod wäre dies ihre erste Teilnahme an dem Derby. Sie brauchten das Geld aus dem Renngewinn. Und wenn ich das wusste, dann auch mein Vater. Daher war es nachvollziehbar, dass Pete keinen Rückzieher machen würde. Sie hatten schon zu viel Zeit und Training investiert.

Auf dem Rückweg zum Stall stand mein Entschluss fest. Ich würde dieser Angelegenheit auf den Grund gehen. Allerdings würde es nicht leicht werden. Ich konnte nicht viele Leute dazu befragen, was zwischen meinem Vater und Sean Killarny vorgefallen war. Pete wäre einer davon gewesen, aber ich wollte ihn auf keinen Fall anrufen und um Informationen anbetteln, nicht nach der letzten Nacht. Ein wenig hoffte ich, sie würden doch nicht kommen und ich müsste ihm nie wieder begegnen. Ihm unter die Augen zu treten, nach dem, was bei ihm passiert war – allein die Vorstellung war grauenvoll. Und überaus erregend.

Ich biss die Zähne zusammen, sprang aus dem Sattel und führte Sadie zurück in den Stall. Dort rieb ich sie trocken und gab ihr frisches Heu. Sie wirkte glücklich und das freute mich sehr.

„Bin bald wieder bei dir", sagte ich, tätschelte ihren Hals und schloss die Boxentür hinter mir.

Dann machte ich mich auf den Weg zum Haus. Ich wollte meinem Vater aus dem Weg gehen, aber ich musste unbedingt einen Blick in sein Büro werfen. Ich wusste nicht, wo ich anfangen sollte, aber da drin würde ich schon etwas finden. Irgendwo musste es doch einen Hinweis geben, warum er so versessen darauf war, die Killarnys vom Derby auszuschließen. Und ich würde herausfinden, was es war.

# KAPITEL 7

ete

ICH WAR NICHT ÜBERRASCHT, dass Sara bereits fort war, als ich aufstand. Der Umgang mit Tieren brachte das frühe Aufstehen gewohnheitsmäßig mit sich. Sie musste schon vor Sonnenaufgang verschwunden sein. Ich blickte aus dem Fenster. Ihr Wagen stand nicht mehr dort, wo Sam und Stephen ihn am Abend zuvor abgestellt hatten, nachdem sie ihn repariert hatten.

Ich duschte und zog mich an, wobei ich mich bemühte, nicht mehr als unbedingt nötig an Sara Waters zu denken. Ich wusste, ich würde sie in zwei Wochen beim Derby wiedersehen, mit oder ohne Zustimmung von Ken Waters, aber bis dahin musste ich mich auf die tägliche Arbeit auf der Ranch konzentrieren, damit wir optimal auf das Derby vorbereitet waren. Die Zahl der Transporter musste bedacht werden, ebenso wie die Anzahl der Mitarbeiter, die mitkommen sollten. Und vor allem musste Alex noch entscheiden, welches Pferd im Rennen mitlaufen sollte.

Ich ging hinunter zum Frühstück. Als ich gerade dabei war, Rührei zu machen, kam Emma hereingestürmt.

„Schon zurück?", fragte ich.

Sie nickte und ließ ihre Tasche zu Boden fallen. „Ja, Dani und ihre Mutter hatten heute Morgen irgendeinen Termin, daher haben sie mich auf dem Weg hier abgesetzt." Sie nahm sich ein Stück Schinken und setzte sich an den Tisch. „Wo ist Sara?"

Ich sah sie überrascht an. „Oh, äh, die musste weg. Sie hat noch eine Menge zu tun wegen des anstehenden Derbys. Und es war ja eigentlich auch gar nicht geplant, dass sie überhaupt hier übernachtet. Das lag nur daran, dass ihr Auto kaputtgegangen ist. Ansonsten wäre sie schon gestern wieder nach Hause gefahren."

Emma stand auf, nahm sich ein Glas vom Regal und holte den Orangensaft aus dem Kühlschrank. „Willst du auch welchen?", fragte sie und schüttete sich ein Glas voll ein.

„Nein, ich bleibe lieber bei Kaffee, danke."

Sie stellte den Saft weg und setzte sich wieder hin. Ich spürte ihren Blick auf mir, während ich für uns beide Rührei mit Schinken vorbereitete und etwas Obst hinstellte. Als ich den Tisch deckte, konnte ich sehen, dass es schwer in ihr arbeitete.

„Was ist los mit dir?", fragte ich, ehrlich interessiert, was in ihrem Kopf vor sich ging.

„Ich habe mich nur gefragt, wann du sie zu einem Date einlädst", erwiderte sie prompt.

Ich versuchte mir nicht anmerken zu lassen, wie sehr ich von dieser Frage irritiert war. „Wie kommst du darauf, dass ich das vorhaben sollte?"

Sie lächelte. „Das ist kein eindeutiges Nein."

Ich blickte sie streng an und aß mein Rührei. Sie fing ebenfalls an zu essen und ich wartete darauf, dass sie gerade den Mund voll hatte, bevor ich antwortete.

„Das habe ich nicht gesagt. Aber was würdest du denn davon halten, wenn ich es täte?"

Sie zuckte mit den Schultern und schluckte ihren Bissen herunter. „Ich verstehe nicht, wieso du nie ausgehst. Du hast auch nie jemanden mit nach Hause gebracht. Ich meine, Dad, ich weiß, dass du mit Frauen ausgegangen bist, aber in letzter Zeit überhaupt nicht mehr. Und du hast mir nie von ihnen erzählt."

Ich nickte. „Tja, so ist das mit dem Erwachsenwerden. Und Beziehungen sind nun mal ein wenig kompliziert. Ich wollte nicht, dass du da hineingerätst, bevor ich mir nicht sicher war, dass die Frau etwas länger bleiben würde." Ich hatte es ausgesprochen, bevor mir bewusst wurde, was ich da gesagt hatte.

Emma runzelte die Stirn. „Du meinst, im Gegensatz zu Mom."

Ich seufzte. Es war mir immer sehr wichtig gewesen, in Emmas Gegenwart nichts Schlechtes über ihre Mutter zu sagen. Falls Kelly sich doch noch irgendwann dazu entschließen sollte, eine Beziehung zu ihrer Tochter aufzubauen, sollte ihr der Weg dahin nicht versperrt werden. Es gab keinen Grund, mit meiner Meinung über Kelly hausieren zu gehen, oder über die Art und Weise, wie sie uns verlassen hatte. Es war mir egal, was Kelly über mich dachte oder wie wir miteinander kommunizierten. Aber es wäre wichtig gewesen, wenn sie wenigstens mit Emma etwas hätte teilen können. Es war schmerzhaft zu sehen, dass sie über die Jahre nur selten den Kontakt gesucht hatte und dann auch nur sehr unregelmäßig. Für Emma musste es noch viel schlimmer sein, ihr fehlte immerhin eine Mutter.

„Wenn ich jemanden mit nach Hause bringe, dann will ich sicherstellen, dass es eine Frau ist, die auch ein gutes Vorbild für dich wäre. Jemand voller Energie, die weiß, was sie vom Leben will. Und ich würde mir wünschen, dass das dann auch uns beide mit einschließt. Wir sind ein Gesamtpaket, du und ich. Das weißt du doch, oder?"

Sie nickte und lächelte. Emma war zwar erst zwölf, aber man konnte bereits die Frau in ihr erahnen, die sie einmal werden würde. Es war gleichermaßen aufregend und beängstigend. Ich wusste, meine Tochter war stark, kompetent und klug. Falls ich jemals wieder ernsthaft mit einer Frau zusammen sein würde, dann wollte ich, dass sie ein Vorbild war, zu dem Emma aufschauen konnte.

„Das weiß ich doch, Dad. Aber um das hinzukriegen, müsstest du tatsächlich mal zu einem Date gehen."

„Aus dem Munde eines Kindes", sagte ich und widmete mich wieder meinem Teller. „Okay, da ich nun weiß, dass du möchtest, dass ich ausgehe, kann ich mich ja mal ernsthaft umschauen. Aber ich möchte dennoch, dass du weißt, dass du immer an erster Stelle in meinem Leben kommst. Egal worum es geht, du kannst immer mit allem zu mir kommen und wir reden darüber. Es gibt auch keine Garantie, dass ich jemals die richtige Frau finde. Vielleicht bleibe ich Single für den Rest meines Lebens."

Emma zog die Nase kraus. „Ach was, Dad, nein. Dazu bist du zu jung. Du musst nur mehr ausgehen, dann findest du schon jemanden. Und ich fand Sara echt nett. Sie ist witzig und scheint mir ziemlich klug zu sein. Und ihr arbeitet beide mit Pferden. Das klingt doch nach einer guten Verbindung."

„Was weißt du von guten Verbindungen?", fragte ich und musterte sie kritisch.

„Dad, ich sehe Filme und Fernsehen. So schwer ist das nun auch wieder nicht zu verstehen."

Ich musste lächeln und aß kopfschüttelnd weiter mein Frühstück. Ich war mir nicht sicher, was ich davon halten sollte, dass meine Tochter über Beziehungen redete, aber ich musste zugeben, dass sie wahrscheinlich nicht ganz unrecht hatte. Ich war praktisch gar nicht mehr ausgegangen in den letzten Jahren. Wenn ich jemanden finden wollte, war das eine denkbar schlechte Strategie.

Wir beendeten unser Frühstück, währenddessen Emma mir von ihrer Pyjamaparty erzählte und was sie in nächster Zeit für Pläne mit ihren Freundinnen hatte. Das klang nach einem vollen Terminplan, noch vor dem Sommer. Sobald sie aufgegessen hatte, machte sie sich davon, raus zu den Ställen, um auszureiten. Während ich das Geschirr abräumte, musste ich wieder daran denken, wie es wohl wäre, wenn ich wieder ausginge und mich verabredete.

Sara Waters hingegen stand auf einem völlig anderen Blatt. Sie war so anders als die anderen Frauen. Die Anziehung zwischen uns war eindeutig, ich wollte sie, unbedingt. Aber ich war mir nicht sicher, ob sie eine Frau war, mit der ich dauerhaft zusammen sein wollte, denn ich kannte sie ja eigentlich gar nicht. Unsere Begegnung gestern war ziemlich intensiv gewesen. Aber davor kannten wir uns nur als Kinder, wir hatten uns beide sehr viel weiter entwickelt. Aber ich war durchaus interessiert, mehr über Sara zu erfahren. Und ich war fest entschlossen, sie sehr nah kennenzulernen. Schon sehr bald.


Die Vorbereitungen für das Derby gingen weiter und alle meine Brüder trugen ihren Teil dazu bei, dass wir gut vorbereitet nach Tennessee fahren würden. Es war nicht nur eines der wichtigsten Ereignisse des Jahres, es war für uns besonders bedeutsam, da wir nach dem Tod unserer Mutter die letzten beiden Male nicht teilgenommen hatten und nun wieder voll durchstarten wollten.

Das Waters Derby war immer eine Familiensache gewesen. Wir würden alle für eine Woche mit Wohnwagen nach Tennessee fahren. Dort gab es einen extra Bereich, wo man die Wagen abstellen konnte. Es war wie eine große Wiedersehensparty, neben dem Wettbewerb, die eine ganze Woche dauerte.

Ich war schon viel länger nicht mehr bei dem Derby gewesen. Meine Arbeit hatte mich auf der Ranch gehalten. Und Emma war zu jung gewesen, als dass ich sie bis nach Tennessee hätte mitschleppen wollen. An sich war das albern gewesen, denn ich hatte sie zu anderen Derbys hier in der Gegend immer mitgenommen. Letztendlich war es doch eigentlich so, dass ich Ken Waters einfach nicht begegnen wollte. Das war der Grund, warum ich nicht mehr zum Derby mitfuhr. Auch wenn der Streit eigentlich eine Angelegenheit zwischen ihm und meinem Vater war, so konnte ich ihn dennoch nicht leiden. Ich verachtete ihn und ich wollte ihm niemals wieder begegnen.

Und das war dann auch der Grund gewesen, warum ich Sara so lange nicht mehr gesehen hatte. Bloß jetzt konnte ich an nichts anderes mehr denken. Selbst als ich ein paar Unterlagen durchging, die noch abzuarbeiten waren, bevor wir uns auf den Weg machten, sah ich immer Sara vor mir, ihr hübsches Gesicht und ihren umwerfenden Körper. Gott allein wusste, wie sehr ich sie begehrt hatte, als sie hier gestrandet war. Ich hätte sie haben können, aber der Zeitpunkt war falsch. Keine Ahnung, was da über mich gekommen war, aber ich wollte nicht, dass es so passierte. Vielleicht wollte ich sie bestrafen für das, was sie und ihr Vater uns antun wollten. Oder es ging noch etwas tiefer als das. Ich hinterfragte mein Unterbewusstsein nicht allzu häufig, aber ich fragte mich doch, ob ich mich zurückgehalten hatte, weil ich hoffte, dass da mehr sein könnte. Zumindest bestand vielleicht diese Möglichkeit.

Aber es war noch viel zu früh, um so etwas zu denken. Ich schob den Gedanken beiseite und widmete mich den Notizen, die meine Sekretärin mir hingelegt hatte. Darunter befand sich auch eine Nachricht, die Sara telefonisch hinterlassen hatte. Sie lautete:

„Bring dein Pferd zum Derby mit. Ich werde versuchen, mir etwas einfallen zu lassen."

Ich starrte endlos lange auf den Zettel. Bring dein Pferd mit. Das hatten wir ohnehin vor, aber diese Nachricht von Sara war genau die Ermutigung, die ich gebraucht hatte. Ich war sowieso bereit, alles einzuladen und hinzufahren, aber es war ein gutes Gefühl zu wissen, dass Sara sich Gedanken machte und versuchen würde, ihren Vater daran zu hindern uns Scherereien zu machen. Auf diese Weise konnte ich immerhin ziemlich sicher sein, dass uns bei unserer Ankunft nicht die Polizei empfangen würde, um uns vom Gelände zu begleiten.

Ich griff zum Telefon und rief meinen Vater in Costa Rica an. Nach dem dritten Klingeln nahm er ab. Die Verbindung war ein wenig wackelig, aber schien sich zu freuen, von mir zu hören.

„Wie läuft es so bei dir, Dad?"

Er lachte. Ich freute mich, dass es ihm offenbar gut ging. „Großartig, großartig. Ich bereite ein paar Drinks für eine Party vor. Ist bei euch alles in Ordnung?"

Mein Vater fragte nun jedes Mal nach der Ranch. Aber damals, als er nach Costa Rica gegangen war, hatte ich den Eindruck gehabt, als wolle er das

Thema vermeiden. Immerhin hatte er die Frau verloren, mit der er sein halbes Leben verbracht hatte. Und er musste sich noch daran gewöhnen, wie es war, ohne sie auszukommen. Nachdem er es einige Jahre allein auf der Ranch versucht hatte, war er zu dem Schluss gekommen, dass er die Ranch besser mir und meinen Brüdern überlässt. Eine einzige Reise nach Costa Rica hatte seine Meinung in dieser Hinsicht geändert. Er war dorthin gereist, um einen klaren Kopf zu bekommen, aber stattdessen hatte er dort Ruhe und Frieden gefunden, wie er es sich gewünscht hatte. Wir vermissten ihn und seine Fachkenntnisse natürlich, aber ich wusste, dass es für ihn so besser war und er hatte es sich verdient. Außerdem würde er sofort alles stehen und liegen lassen, um uns zur Hilfe zu eilen, wenn es ernsthafte Probleme gäbe auf der Ranch.

„Läuft jetzt wieder gut", sagte ich und kaute nachdenklich auf meiner Unterlippe. Sollte ich ihm von der Sache mit Ken Waters und dem ganzen Drama rund um das Derby erzählen? Wenn ich nichts sagte und es käme zu Problemen, dann würde er auf jeden Fall irgendwie davon erfahren. Besser, ich erwähnte es jetzt schon. „Es läuft jetzt wieder besser. Aber es stand für eine Weile auf Messer Schneide. Es gab ein Problem mit Ken Waters."

Am anderen Ende der Leitung herrschte für einen Moment Stille. „Wo liegt das Problem? Soll ich raufkommen? Soll ich ihn anrufen?"

„Nein, nein. Ich denke, die Sache ist erledigt. Es war weniger ein Streit mit Ken als mit seiner Tochter.

Er hatte Sara geschickt, um uns etwas mitzuteilen, anstatt selber zu kommen."

Selbst durch das Telefon konnte ich spüren, wie enttäuscht mein Vater von seinem einstmals besten Freund war. „Was hat er sich denn dabei gedacht? Und worum ging es überhaupt?"

Ich nahm kein Blatt vor den Mund. „Er ließ uns mitteilen, dass wir nicht am Derby teilnehmen könnten. Wollte uns sogar die Teilnahmegebühr zurückzahlen."

„Machst du Witze?"

„Nein." Es war richtig gewesen, ihm jetzt davon zu erzählen, als wenn er es erst später von jemand anderem gehört hätte. Das hätte ihn sehr wütend gemacht.

„Was war denn seine Begründung dafür?"

Ich schüttelte den Kopf und seufzte. „Ich schätze, wir alle kennen die wahren Gründe, die dahinterstecken, aber ich bin mir nicht sicher, was er Sara erzählt hat. Aber ich bin mir ziemlich sicher, dass sie keine Ahnung von den wahren Gründen hat. Ihr Vater hat ihr ein paar Lügen aufgetischt, dass wir illegale Sachen machen würden. Keine Ahnung, was genau er damit meinte. Ist auch egal, weil es ja nicht stimmt. Aber für einen Moment dachte ich wirklich, sie glaubt den Mist."

„Hmm", machte mein Vater. „Sara ist eine beeindruckende, junge Frau. Ich würde sie nicht so leicht abtun, wenn ich du wäre. Sie befolgt wahrscheinlich einfach nur die Anweisungen ihres Vaters. Bisher hatte er ihr bestimmt nie einen Grund gegeben, seinen Worten zu misstrauen."

„Das mag ja sein, aber was passiert, wenn sie jemals die Wahrheit erfährt über ..., du weißt schon."

Mein Vater seufzte. „Pete, was immer sie herausfindet, wenn sie überhaupt etwas herausfindet, nun, das ist eine Sache zwischen ihr und ihrem Vater. Du hast gut daran getan, es ihr nicht zu erzählen. Ken hätte die Sache von Anfang an anders angehen müssen, aber er ist letztendlich derjenige, der dafür in Schwierigkeiten geraten wird. Zumindest im Hinblick auf seine Tochter. Sie wäre wahrscheinlich nicht einmal neugierig geworden, wenn ihr Vater sich nicht so verdächtig verhalten würde."

Ich nickte und warf einen Blick auf den Stapel Notizen, den ich noch bearbeiten musste. „Okay, also gut, ich wollte dich nur schnell auf den neuesten Stand bringen. Wir fahren in einer Woche nach Tennessee. Hast du eventuell vor, auch hinzukommen?"

„Nein, nicht zu Kens Derby. Er will mich eindeutig nicht dabeihaben, daher belassen wir es lieber dabei. Aber lass mich wissen, wie es läuft."

„Wiedersehen, Dad." Ich legte auf und machte mich wieder an die Vorbereitungen für den großen Tag.

DIE ZEIT VERGING wie im Fluge und schon bald stand der große Tag bevor. Wir waren auf dem Weg nach Tennessee. Emma und ich fuhren als letztes Fahrzeug hinter dem langen Treck, mit dem Anhänger hinten am Wagen. Ich freute mich darauf, viel Zeit mit Emma zu verbringen. Sie plapperte wie üblich und hatte jede Menge Fragen über das Derby, da sie noch nie zuvor da gewesen war.

„Es ist eine ziemlich große Sache", meinte ich. „Und das Preisgeld ist nicht zu verachten. Für unsere Ranch wäre es ein großer Gewinn."

Emma kaute auf ihrer Unterlippe. „Brauchen wir Geld?"

„Oh, verdammt." Sofort bereute ich meine Wortwahl. „Nein, so würde ich das nicht sagen. Nun, jeder braucht Geld, Schatz. Aber es ist nicht so, dass wir am Hungertuch nagen müssten oder so. Es ist bloß so, dass der Markt ständig in Bewegung ist, manchmal hat man gute Jahre, manchmal eben nicht. Erinnerst du dich noch daran, wie es war, als Großmutter gestorben ist? Dein Großvater war darüber sehr traurig und wir alle hatten damals keinen richtigen Sinn für das Geschäft. Das ist normal, solche Dinge passieren, wenn man einen schweren Schicksalsschlag erleidet. Aber jetzt sind wir wieder in der Spur und alles läuft gut. Wenn wir das Rennen gewinnen könnten, wäre das nicht nur aus finanzieller Sicht gut. Es wäre eine ideale Werbung für uns, um unseren Namen noch bekannter zu machen."

Emma nickte, als hätte sie es verstanden, aber sie war auch müde und wollte nicht mehr mit ihrem Vater schwatzen. Stattdessen nahm sie sich ein Buch und fing an zu lesen. Der Rest der Fahrt zum Derby verlief mehr oder weniger schweigend.

. . .

ALS WIR AM HAUPTEINGANG EINTRAFEN, hielt ich den Atem an, denn ich rechnete doch noch damit, dass etwas Unerwartetes passieren würde. Ein Mitarbeiter überprüfte unsere Anmeldung und ließ unsere Fahrzeuge nacheinander passieren. Ich atmete erleichtert aus, als die ersten unserer Wagen durchgewunken wurden und zur Wiese fahren konnten, wo die Rancher die Woche über wohnen würden.

Als ich an die Reihe kam, zeigte ich meinen Ausweis und die Anmeldung. Die Mitarbeiterin, eine junge Frau in den Zwanzigern, musterte mich eingehend. Vielleicht hatte Emma recht, ich war noch jung genug. Aber vielleicht sollte ich nicht gerade eine junge Frau hier beim Derby aufgabeln. Nicht, wenn Sara so greifbar nahe war. Ich hatte noch immer ein Auge auf sie geworfen und würde mein Glück einmal versuchen. Die junge Frau lächelte und ließ uns passieren, aber mir fiel beim Losfahren auf, dass sie jemanden über ihr Funkgerät kontaktierte.

Ich stellte den Wagen ab und Emma sprang heraus. Sofort rannte sie los, um Freunde von den anderen Ranches zu suchen.

„Lauf nicht zu weit! Und melde dich hin und wieder mal!", rief ich ihr nach, aber ich wusste, sie war hier unter Freunden, auch wenn es im Moment Rivalen waren.

Ich koppelte den Wohnwagen ab und bockte ihn auf. Eine Woche lang würde dies unser Zuhause sein. Er war gerade groß genug für Emma und mich, allerdings nahm ich an, dass sie hin und wieder bei ihren

Freundinnen übernachten würde, die teilweise in riesigen Luxuswohnmobilen angerückt waren.

„Hey, Fremder", sagte eine Stimme hinter mir. Ich drehte mich um und sah Sara Waters vor mir stehen, mit einem Schmunzeln auf dem Gesicht. Immerhin gab es keinen Tritt vor das Schienbein, was nach unserer letzten Begegnung auch nicht verwunderlich gewesen wäre.

„Wie läuft's?", fragte ich und beendete meine Tätigkeit, dann widmete ich ihr meine gesamte Aufmerksamkeit.

„Gab es irgendwelche Probleme am Tor?", fragte sie.

Ich schüttelte den Kopf. „Nein. Ich schätze, das haben wir dir zu verdanken?" Ich lächelte sie an. „Danke. Wie hast du das hingekriegt?"

Sara räusperte sich. „Lass es mich ganz direkt sagen. Mein Vater will euch nach wie vor nicht am Rennen teilnehmen lassen, es wäre also möglich, dass er mit irgendeiner Klausel im Vertrag um die Ecke kommt. Ich weiß, dass er sich an unseren Anwalt gewandt hat. Aber zunächst einmal steht ihr auf der Teilnehmerliste für das Rennen und so werden wir die Sache auch angehen."

Ich ließ ein wenig den Kopf hängen und zeigte meine Verstimmung. „Ich habe meinen Leuten nichts von all dem erzählt. Ich wollte nicht, dass sie sich aufregen wegen gar nichts. Das würde sie alle ganz durcheinanderbringen, verstehst du?" Ich schaute sie an und sah, dass sie ein wenig aufgewühlt war. „Sara, ich bin von deinem Vater wirklich enttäuscht. Er hat nicht das Recht, uns zu attackieren und solche Anschuldigungen in den Raum zu werfen."

Sie kam ein paar Schritte auf mich zu und legte mir eine Hand auf den Arm. „Pete, das ist mir auch klar. Aber ich weiß noch immer nicht, was mit ihm los ist. Ich verspreche dir, ich werde es herausfinden, Ich kann nur hoffen, dass wir das überwinden und wieder Freunde sein können. Ein Neuanfang wäre schön."

Ich schaute sie neugierig an. „Du möchtest, dass wir Freunde werden?" Freundschaft war nicht das, was ich mit dieser Frau im Sinn hatte. Ich wollte sie in meine Arme schließen, sie in meinen Wohnwagen tragen und sie reiten, bis sie wieder und wieder meinen Namen schrie.

Sie nickte. „Das wäre sicher das Beste für alle. Es ergibt mehr Sinn und ist weniger dramatisch. Ich hoffe, du verstehst das."

„Neulich sah das aber nicht so aus, als wolltest du nur Freundschaft", sagte ich leise, aber mit einem deutlichen Unterton.

Sie starrte mich wütend an. „Du bist mir ja einer, Pete Killarny. Du verstehst es wirklich, eine Frau richtig zu behandeln."

Und damit drehte sie sich um und stapfte wütend davon. Mir blieb nur noch das Bedauern, sie nicht beim ersten Mal schon an die Wand gedrückt und gefickt zu haben, als sich mir die Gelegenheit geboten hatte.

# KAPITEL 8

ara

DER ERÖFFNUNGSBALL DES DERBYS, eher eine Cocktail-party, war ohne Zwischenfälle verlaufen. Es war die einzige Gelegenheit des Jahres, unseren riesigen Fest-saal zu benutzen. Aber bei dem Anblick stellte ich jedes Mal aufs Neue fest, dass sich die Investition in einen solchen Saal gelohnt hatte. Als ich noch jünger war, liebte ich diesen Saal und spielte darin sämtliche Ballszenen aus bekannten Filmen nach, vor allem 'Meine Lieder – Meine Träume' und 'Der König und Ich'. Aber inzwischen war ich aus dem Alter heraus und wusste, wie es in der Welt wirklich zuging, daher fand ich den Saal nun ziemlich protzig.

Aber bei Anlässen wie diesem, meine Güte, da war

er sein Geld wirklich wert. Die vielen Lichter wirkten wie Glühwürmchen, die herumtanzten, und alle trugen ihr schönstes Outfit und sahen umwerfend aus. Ich hatte mich für einen Moment von den Erwachsenen entfernt und war dorthin gegangen, wo die Kinder unserer Gäste versammelt waren. Es gab eine Hüpfburg und einen Hindernisparcours, außerdem einen Stand mit Hot Dogs und Hamburgern und jede Menge Spiele, die Kindern Spaß machten. Unter den älteren Kindern entdeckte ich auch Emma, die sich mit Leichtigkeit mit den anderen Kindern ihres Alters anfreundete.

Pete war schwer zu entdecken gewesen, aber ich hatte hier und da einen Blick auf ihn erhaschen können, während er sich mit den anderen Ranchern und Teilnehmern des Derbys unterhielt. Er trug ein schickes Jackett zu einer Jeans, was ihm ausgezeichnet stand. Eine Krawatte hatte er sich gespart. Oder er hatte sie schon wieder abgelegt. Außerdem waren die oberen beiden Hemdknöpfe geöffnet. Er sah unglaublich gut aus und ich bedauerte es bereits, dass ich ihm gesagt hatte, mehr als Freundschaft sei nicht drin. Er zeigte sich selbstbewusst, was ihn noch attraktiver machte, und ich schmolz in seiner Gegenwart wieder genauso dahin wie damals, als ich gerade einmal zehn war. Aber so sehr ich mich auch bemühte, ich konnte den ganzen Abend über keinen Blickkontakt zu ihm herstellen. Das störte mich, denn ich vermutete, er ging mir absichtlich aus dem Weg.

Zugegeben, ich hatte ihm gesagt, wir könnten nur

Freunde sein. Darüber dachte ich nach, während ich auf die Veranda hinter dem Haus trat. Hier war es ruhiger, denn die eigentliche Feier fand im Ballsaal statt und vorn auf der Wiese vor dem Haus. Außerdem neigte sich der Abend langsam dem Ende zu, denn es war schon recht spät. Für alles war gesorgt. Das Derby hatte angefangen und nahm seinen Lauf. Ich fühlte, als sei mir eine große Last von den Schultern genommen und ich spürte einen Hauch von Freiheit. Ich hatte alles getan, was nötig war und konnte jetzt nur noch aufpassen, dass der Ablauf planmäßig eingehalten wurde. Ansonsten konnte ich das Spektakel wie ein Zuschauer genießen.

Ich streifte mir die Pumps von den Füßen, ließ sie auf der Veranda zurück und ging die schmutzige Straße hinunter. Ich hätte nicht genau sagen können, was mich dazu bewog, aber mir gefiel das Gefühl des kühlen Staubs unter den müden Füßen und ich genoss den Umstand, dass es immerhin noch einen einzigen Weg auf unserem Anwesen gab, der weder aus Schotter bestand, noch gepflastert war.

In der Ferne sah ich die alte Scheune. Bis dahin war es ein netter, kleiner Spaziergang im Mondlicht. Es war eine himmlische Nacht. Ein beinahe voller Mond hüllte die Gebäude in einen märchenhaften Schimmer. Besser hätte ich es auch nicht planen können und ich erfreute mich an dem Geschenk von Mutter Natur.

Ich betrat die alte Scheune und sah, dass durch ein paar Lücken in den hölzernen Wänden das Mondlicht hindurch schimmerte, genug, um das Licht nicht einschalten zu müssen und so möglicherweise Neugierige von der Party anzulocken. Nein, ich wollte einen Moment lang hier die Ruhe genießen.

Seit Tagen hatte ich die Unterlagen meines Vaters durchsucht, aber ich hatte nicht den geringsten Hinweis entdecken können, der etwas mit den Killarnys und seinen Vorwürfen gegen sie zu hatte. Er hatte tatsächlich einen Anwalt eingeschaltet und ihn beauftragt, dafür zu sorgen, dass der Vertrag noch bis zum Start des Rennens für null und nichtig erklärt wurde. Allerdings bezweifelte ich den Erfolg dieses Unterfangens. Zwar der Anwalt meines Vaters ein Experte auf diesem Gebiet, aber ich wagte keine Vorhersage über den Ausgang der Angelegenheit.

Allerdings hatte ich nicht aufgehört, nach Hinweisen zu suchen. Ich hatte keine Ahnung, wonach ich überhaupt suchte, und darin lag das eigentliche Problem bei der ganzen Sache.

Hinter mir raschelte etwas und ich drehte mich überrascht um. Ich rechnete mit einer Ratte oder einem Opossum, irgendwo in der Ecke der Scheune. Stattdessen stand eine dunkle Gestalt in der Tür der Scheune.

„Hey, Sara."

Es war Pete Killarny.

„Oh, hi. Ich dachte, es wäre ein Opossum oder so."

Er lachte. „Also, so hat mich bisher noch niemand genannt."

Ich schüttelte den Kopf. „Wir haben hier renoviert und es hätte mich sehr geärgert, wenn der neue Boden diese Viecher nicht fernhalten könnte."

Pete kam etwas näher und sah sich um. Allzu viele

Details konnte man im schwachen Licht des Mondes jedoch nicht erkennen.

„Hier sieht es auf jeden Fall anders aus als beim letzten Mal, als ich hier war", sagte er und schaute mich an.

„Wann warst du denn das letzte Mal hier drin?"

„Ehrlich", er kratzte sich am Kinn, „ich glaube nicht, dass ich je wieder in dieser Scheune war, nachdem du mich hier geküsst hast. Du warst höchstens so groß." Er streckte eine Hand aus, um meine Größe anzudeuten, als ich zehn war. Seine Schätzung war ziemlich gut.

„Ich war damals größer als du", sagte ich schmunzelnd.

Er grinste. „Du hast deinen Wachstumsschub eben früher gehabt. Aber letztendlich habe ich ja noch aufgeholt und dich inzwischen sogar überholt."

Das hatte er in der Tat. Er war sicher knapp über 1,80 m, während ich keine 1,60 m war.

„Ich war früher reif", sagte ich und lachte.

„Nein", meinte Pete, schüttelte den Kopf und sah mir direkt in die Augen. „Ich denke, ich sehe die reife Sara hier vor mir."

Ich räusperte mich. „Du weißt wirklich, wie man Frauen Komplimente macht."

„Aber es stimmt doch. Du bist schöner als je zuvor und ich weiß, du hast gesagt, wir könnten nur Freunde sein, aber ich will nicht einfach nur Freundschaft von dir, Sara. Jetzt nicht und überhaupt nicht."

Ich runzelte die Stirn. „So drastisch hättest du es nun auch wieder nicht sagen müssen."

Er nahm mich sanft bei der Hand und zog mich an sich.

„Was ich mit dir machen möchte, das tut man nicht mit seinen Freunden."

Ein Schauer lief mir über den Rücken. Ehe ich reagieren konnte, lag ich in seinen Armen. Ich wusste kaum, wie ich dorthin gekommen war, nur, dass ich nie wieder woanders sein wollte. Sein Mund suchte gierig nach meinem und er erkundete mich behutsam, seine Zunge tanzte mit meiner, seine Arme zogen mich fester an sich und hielten mich.

Pete drängte sein Bein wieder zwischen meine Schenkel und ich wusste, dass ich das nicht lange aushalten und kommen würde. Allein sein Geruch war überaus erregend. Im Zusammenspiel mit all den anderen sinnlichen Eindrücken fühlte ich mich wie ein Ballon kurz vor dem Platzen. Seine Hände spielten mit meinen Nippeln, die unter seinen Berührungen hart wurden. Ich wollte, dass er sie in den Mund nahm, daran saugte und mit den Lippen daran zupfte.

„Gott, ich will dich so sehr", sagte er keuchend.

Ich entzog mich ihm, nahm seine Hand und nahm ihn mit ans andere Ende der Scheune, wo eine Leiter auf einen Zwischenboden hinaufführte. Es handelte sich um einen Heuboden, der noch im Umbau war. Hier oben würden wir ungestört sein. Wir gingen die Leiter hinauf. Durch die Dachfenster drang das helle Mondlicht ein. Hier würde uns niemand suchen oder finden. Ein bisschen Heu lag noch auf dem Boden und ich betete im Stillen, dass sich keine Maus darin ein

Nest gebaut hatte, während ich ihn mit mir zu Boden zog.

Er ließ sich Zeit, was mich rasend machte. Mit seinen Händen erkundete er jeden Zentimeter meines Körpers unter dem Cocktailkleid, dabei wollte ich doch so sehr, dass er es mir vom Leib riss, um meinen nackten Körper zu liebkosen. Endlich zog er den Reißverschluss auf und zog mir das Kleid aus, ganz behutsam, um es nicht kaputtzumachen, dann legte er es sorgsam beiseite. Ich trug keinen BH und er beeilte sich, mir den Slip auszuziehen.

„Du duftest umwerfend", sagte er und tauchte zwischen meinen Beinen ab, um über meine Schamlippen zu lecken. Ich packte seinen Kopf, um ihm den richtigen Weg zu weisen, und binnen weniger Sekunden schrie ich auf vor Lust, während er mit seiner Zunge meine Klitoris umspielte. Er saugte daran, ich bäumte mich ihm entgegen. Mein Orgasmus packte mich und ließ mich erschauern. Er hörte aber nicht auf, sondern schob mir zwei Finger in die Pussy. Er leckte, saugte und fickte mich mit den Fingern, bis ich es nicht länger aushalten konnte. Wieder verlor ich jegliche Kontrolle, ich rief seinen Namen und kam.

Als ich mich einigermaßen erholt hatte, stand er auf, zog sich aus und ließ mich keinen Moment aus den Augen. Das blasse Mondlicht schimmerte auf meiner Haut und ich genoss seine Blicke auf mir. Ich gab das Kompliment zurück, indem ich ihn aus lustverhangenen Augen musterte, während er sich vor mir auszog. Angezogen sah er schon ziemlich scharf aus, aber ohne Kleidung noch viel besser. Als er seine

Boxershorts auszog, sprang mir sein erigierter Penis geradezu entgegen. So sehr ich ihn auch packen und kosten wollte, noch viel dringender musste ich ihn in mir drin spüren.

Pete wollte das offenbar ebenfalls. Er legte sich auf mich und ich spürte seinen harten Schwengel an meinem Oberschenkel, wie er sich meiner heißen Mitte näherte. Ich schlang meine Beine um ihn und drängte ihn weiter.

„Bitte, Pete, lass mich nicht warten. Ich will dich jetzt."

Er brachte sich in Position und drang langsam in mich ein. Mit jedem Zentimeter wuchs meine Ekstase. Endlich war er vollständig in mir drin und ich seufzte auf. Dann begann er, sich auf mir zu bewegen und fand einen langsamen Rhythmus, der mich aufstöhnen ließ. Er bewegte sich rein und raus und berührte mich damit tief in meinem Inneren, so dass ich mich bald nur noch wie Gummi fühlte. Sein Schwanz passte perfekt in mich hinein, als wäre er nur für mich erschaffen worden und ich spürte, wie ich mich um ihn herum zusammenzog und massierte.

Es war ihm anzusehen, dass er sich um Zurückhaltung bemühte. Aber ich wollte nicht, dass er sich zurückhielt. Ich wusste nicht, wie lange Pete ohne Sex gewesen war, aber wahrscheinlich länger als ich. Er hatte mir so viel Lust bereitet, ich wollte das auch für ihn tun.

„Du musst dich nicht zurückhalten", sagte ich flehend.

Das reichte als Einladung. Seine Stöße wurden

schneller und härter. Sein Schambein rieb bei jedem Stoß über meinen Venushügel und trieb mich dem nächsten Höhepunkt entgegen. Jedes Mal, wenn er in mich stieß, klammerte ich mich noch fester an ihn, um ihn noch tiefer und intensiver in mir zu spüren. Er wurde noch schneller und ich spürte, dass er auch bald soweit war, während ich schon meinen nächsten Höhepunkt kommen fühlte. Ich schrie auf und er stöhnte im selben Augenblick, stieß ein letztes Mal hart in mich hinein und ergoss sich.

Er rollte uns auf die Seite und zog mich an sich, noch immer tief in mir drin. Eine Weile lagen wir so da.

„Damit hatte ich nicht gerechnet", sagte ich schließlich, noch immer etwas außer Atem.

„Bereust du es?", fragte er, ebenfalls schwer atmend.

Ich schüttelte den Kopf und küsste ihn zärtlich. „Nein, es ist nur ..., ich wollte lediglich einen Spaziergang zur Scheune machen und hatte nicht damit gerechnet, im Heu gefickt zu werden."

Er kicherte leise. „Damit hatte ich auch nicht gerechnet, aber ich hatte es gehofft. Tut mir leid, dass ich es nicht länger hinauszögern konnte. Es ist schon eine Weile her für mich."

Ich lächelte. „Ich weiß, was du meinst."

Er schwieg einen Moment. „Wie lange?"

„Ein Jahr", erwiderte ich leise. „Wir waren verlobt und wollten heiraten. Aber dann erwischte ich ihn im Bett mit meiner besten Freundin."

Pete verspannte sich neben mir. „Das tut mir sehr leid." Wieder schwieg er einen Moment. „Für mich ist es auch ungefähr ein Jahr her. Das nimmt einen Mann ziemlich mit."

Ich nickte. „Eine Frau auch. Kann ich dir etwas sagen?"

„Klar."

„Ich möchte auch nicht nur einfach mit dir befreundet sein. Ich weiß nicht, was in deinem Leben derzeit los ist, aber ich weiß, dass du eine Tochter hast, die dir mehr bedeutet als alles andere. Ich verstehe, wie das ist. Aber ich möchte, dass du weißt, dass ich Interesse hätte, wenn du es auch hast. Und die Tatsache, dass du ein Kind hast, schreckt mich nicht ab."

Pete nickte und schluckte schwer. „Gut zu wissen. Ich glaube, Emma mag dich, auch wenn sie dich noch nicht sehr gut kennt. Sie meinte, ich sollte dich zu einem Date einladen und mit dir ausgehen."

Ich lachte. „Im Ernst? Das heißt, jemand ist auf meiner Seite?"

„Sieht so aus. Und wäre meine Mutter noch am Leben, dann würde sie es auch gutheißen. Sie hat dich sehr gemocht, weißt du?"

Ja, das wusste ich, aber ich hatte nie verstanden, warum. Emily Killarny war immer wie ein Engel für mich gewesen, wann immer ich zu Besuch war. Ich hatte immer angenommen, es läge daran, dass meine Mutter meistens nicht da war und sie hatte vielleicht Mitleid mit mir.

„Das ist nett von dir, das zu sagen. Deine Mutter war eine wunderbare Frau, Pete."

„Ja, das war sie."

Wir schwiegen eine Weile gemeinsam, hielten

einander im Arm und genossen eine Brise der kühlen Nachtluft auf unserer Haut.

„Es wird langsam ein wenig frisch und ich sollte wohl zurückgehen, damit mein Vater mich nicht suchen geht. Man kann nie wissen, was ihm in letzter Minute noch einfällt, das keinen Aufschub duldet." Ich küsste Pete ein letztes Mal, dann stand ich auf und zog mich wieder an. „Und ich möchte, dass du weißt, dass ich nach wie vor versuche, herauszufinden, wo sein Problem liegt. Und ich werde es irgendwann erfahren. Ihr werdet am Rennen teilnehmen, und wenn es das Letzte ist, wofür ich sorge."

ICH HOLTE meine Schuhe von der Veranda, wo ich sie zurückgelassen hatte. Hinter mir schlossen sich die schweren Eichentüren, als ich das Haus betrat, das mein Vater nach der Scheidung gebaut hatte. Trotz der traumatischen Erfahrung für mich hatte ich eine schöne Kindheit. Aber nun stellten sich mir so viele Fragen, was sich hinter den Kulissen tatsächlich abgespielt haben mochte.

Ich ging leise durch das Haus und warf einen schnellen Blick in den Spiegel in einem der Badezimmer, um sicherzustellen, dass ich kein Heu im Haar hatte. Ich hatte einen Plan und falls man mir jemand begegnen sollte, wollte ich keine unliebsamen Fragen beantworten, wo ich denn gewesen sei und vor allem, mit wem. Das war sicher das letzte, was mein Vater hören wollte, dass ich mich ausgerechnet mit einem Killarny im Heu gewälzt hatte.

Irgendetwas würde ich finden. Es musste etwas geben. Aber ich wusste nicht, wonach ich suchte oder wo ich damit anfangen sollte. Mein Vater war von Natur aus nicht gerade mitteilsam. Aber ich hatte nie gedacht, dass er absichtlich lügen würde. Wir hatten uns immer sehr nahe gestanden, ich konnte mir nur schwer vorstellen, dass er mir Dinge verheimlichte, erst recht, wenn es ihn selbst offensichtlich so sehr belastete.

Es konnte nur eine einzige Erklärung dafür geben. Er wollte mich beschützen vor dem, was es herauszufinden gab. Er musste doch davon ausgehen, dass ich es früher oder später erfahren würde. Die Wahrheit kam immer irgendwie ans Licht, oft genug zu dem unpassendsten Zeitpunkt.

Ich öffnete die Tür zum Büro meines Vaters. Der Schlüssel lag immer oben auf dem Türrahmen. Außer einer kleinen Lampe auf dem Schreibtisch, die er immer anließ, war es dunkel im Zimmer. Es gab nur eine Stelle, wo ich bisher nicht gesucht hatte, um einen Hinweis zu finden, was er für ein Problem mit den Killarnys hatte. Jetzt bot sich mir die einmalige Gelegenheit, das endlich nachzuholen.

Sein Schreibtisch. Eine der Schubladen war praktisch immer verschlossen. Ich hatte immer angenommen, dass sich darin Wertgegenstände befanden, aber er hatte mir nie genau gesagt, was da drin war. Im Laufe der Jahre hatte ich ihn manchmal darin etwas suchen sehen und er hatte es immer eilig gehabt, sie zu schließen, wenn ich das Zimmer betrat, aber ich hatte ihn auch nie gefragt, was er darin aufbewahrte.

Manche Dinge fragte man seine Eltern eben einfach nicht und da schnüffelte man auch nicht herum. Wenn es für mich wichtig gewesen wäre, dann hätte er es mir doch gesagt. So dachte ich jedenfalls. Bis jetzt.

Aber nun war die Situation eben anders. Wenn er mir etwas verheimlichte oder hinter meinem Rücken etwas anstellte, dann musste ich es einfach wissen. Ich musste wissen, warum er so versessen darauf war, die Killarnys vom Rennen auszuschließen.

Ich tastete den Tisch ab, in der Hoffnung, irgendwo den Schlüssel zu finden. Wenn er ihn bei sich hatte, war dies ein sinnloses Unterfangen. Mir kam eine Idee. Auf dem Tisch stand seit einer Ewigkeit schon eine Ente aus Messing als Briefbeschwerer. Ich hob sie hoch und drehte sie um.

„Sara, all die Krimis, die du im Laufe der Jahre gelesen hast, machen sich gerade bezahlt", sagte ich leise zu mir selbst.

Auf der Unterseite der Ente war ein kleines Fach, das sich aufschieben ließ und darin befand sich ein Schlüssel. Wie zu erwarten, passte er in das Schloss der Schublade im Schreibtisch. Ich drehte den Schlüssel um und zog die leicht quietschende Schublade auf.

Eine der Aktenmappen darin war dicker als alle anderen, daher nahm ich sie zuerst heraus. Gleich das erste Blatt war ein Brief. Ich überflog ihn und stellte fest, er war von einer Frau geschrieben und an meinen Vater gerichtet. Ein Foto fiel heraus und glitt zu Boden. Ich hob es auf und warf einen Blick darauf. Die Frau kam mir bekannt vor, aber das Bild war schon alt, noch in schwarz-weiß, die Frau mochte vielleicht in den Zwanzigern sein. Sie trug einen Badeanzug, saß an einem Pool und lachte fröhlich.

Als ich das Bild umdrehte, fand ich einen Namen auf der Rückseite. Und da wusste ich, was der Ursprung des ganzen Problems wirklich war.

Das Foto trug eine Widmung. „In Liebe, Emily."

## KAPITEL 9

ete

FRÜH AM MORGEN klopfte es an die Tür des Wohnwagens. Emma war bereits losgezogen, um mit ihren Freunden zu spielen. Als ich die Tür öffnete und Sara dort stehen sah, fielen mir sofort die roten Ränder um ihre Augen auf. Sie hatte geweint. Ich hatte keine Ahnung, was los war. Sie schob sich an mir vorbei und setzte sich auf die Couch.

„Guten Morgen?", sagte ich vorsichtig.

Sie holte tief Luft. „Wieso hast du mir nicht erzählt, dass deine Mutter und mein Vater eine Affäre miteinander hatten, als sie bereits mit deinem Vater verlobt war?"

Sie hatte also die Wahrheit herausgefunden. Ich

hatte mir schon gedacht, dass Ken Waters zwar jegli-
chen Hinweis auf seine Affäre mit meiner Mutter
irgendwo vergraben hatte, aber nicht so tief, dass er
nicht jederzeit einen Blick drauf werfen konnte.

„Es ging mich eben nichts an. Ich wollte nicht
derjenige sein, der es dir sagt, denn auch für mich ist
es eine sehr unangenehme Angelegenheit."

„Das sollte es auch!", rief Sara. „Deine Mutter ist
der Grund, warum meine Eltern sich dereinst scheiden
ließen!"

Ich schüttelte den Kopf. „Nein, Sara, das kann nicht
sein. Soweit ich weiß, bestand diese Affäre, lange
bevor deine Eltern überhaupt verheiratet waren."

Sie nickte. „Ja, da magst du wohl recht haben. Aber
offenbar ist mein Vater nie über deine Mutter hinweg-
gekommen. Nie. Bis zu ihrem Tod ist er ihr innerlich
verbunden geblieben und nun … nun … ist das der
Grund, warum er euch nicht beim Derby dabeihaben
will."

„Ich dachte mir schon die ganze Zeit, dass das der
Grund sein muss. Mein Vater hatte mir nach dem Tod
meiner Mutter davon erzählt. Solange sie lebte, hatte
er es niemals auch nur mit einer einzigen Silbe
erwähnt. Sie hatte es getan und bereute es sehr. Unsere
Väter waren einmal beste Freunde gewesen."

„Sie haben miteinander geschlafen, Pete. Deine
Mutter hat mit meinem Vater geschlafen."

Ich setzte mich neben sie. „Ich weiß."

„Wie konnten sie es nur dazu kommen lassen?"
Sara wirkte noch immer ein wenig durcheinander.

Ich zuckte leicht mit den Achseln. „Mein Vater hat es mir so erklärt: Es geschah, kurz nachdem er und meine Mutter sich miteinander verlobt hatten. Ein paar Monate später etwa. Sie hatten sich gestritten über irgendetwas, was genau, das wusste er nicht mehr. Jedenfalls ist meine Mutter wütend davongestürmt. Es war während des Derbys in Kentucky und dein Vater war auch dort. Meine Mutter hat meinem Vater später erzählt – und er dann viel später mir – dass sie zufällig deinen Vater getroffen hat. Er war sehr freundlich und hat ihr zugehört. Und er liebte sie schon damals. Es war wohl eine dieser Situationen, wo man jemanden brauchte und da war jemand, der einen auffing. Und so ergab es sich halt. Meine Mutter kam nicht nach Hause und mein Vater konnte sie nirgends finden. Erst später stellte sich heraus, dass sie mit deinem Vater nach Tennessee gegangen war. Sie blieb ein paar Wochen im Haus deines Großvaters, dann kehrte sie zu meinem Vater zurück und bat ihn um Verzeihung."

Sara schüttelte stumm den Kopf.

„Ich weiß nicht, wie mein Vater es hingekriegt hat", sagte ich. „Ich meine, ich bin sehr froh, dass er darüber hinwegsehen konnte. Ansonsten wäre ich nie geboren worden. Aber ich habe keine Ahnung, wie er jemals deinem Vater vergeben konnte, Sara. Sie waren damals die besten Freunde und dann passierte so was. Als ob dein Vater keinerlei Problem damit hatte, alles den Bach runtergehen zu lassen. Jahre später, nachdem sie es immerhin geschafft hatten, sich hin und wieder friedlich zu begegnen bei den Derbys, nahmen die Spannungen wieder zu. Ich glaube, es fing an, als meine Mutter krank wurde. Dein Vater wollte zu Besuch kommen und mit ihr reden. Aber mein Vater erlaubte es nicht, weil er dachte, es würde sie zu sehr aufregen. Er ließ ihn nicht ins Haus. Bald darauf starb meine Mutter. Mein Vater erzählte mir, dass er beinahe damit gerechnet hatte, Ken würde etwas unternehmen oder durchdrehen, weil er ihn in ihren letzten Stunden nicht zu ihr gelassen hatte."

„Er hat sie nie vergessen können, Pete. Er hat sie bis zu ihrem Tod geliebt. Er hat meine Mutter geheiratet, obwohl er noch immer in deine Mutter verliebt war. Hast du eine Vorstellung, wie ich mich nun ihm gegenüber fühle? Wann immer er mit meiner Mutter zusammen war, es war alles eine große Lüge. Ich bin das Ergebnis dieser Lüge. Weißt du, was ich noch gefunden habe in der Schublade, neben all den Briefen und Fotos? Ich habe ein Schreiben meiner Mutter gefunden, mit dem Grund, warum sie die Scheidung eingereicht hat. Weil er noch immer deine Mutter liebte. Sie war immer anwesend, obwohl sie in einem anderen Bundesstaat lebte, mit einem anderen Mann verheiratet war und mit dem eine Familie hatte."

Ich wollte sie in den Arm nehmen, aber sie entzog sich mir, stand auf und ging zur Tür.

„Wir können das nicht tun, Pete. Es ist zu viel passiert. So viel böses Blut zwischen unseren Familien. Ich kann das nicht. Du hättest es mir sagen müssen. Du hast es gewusst und nichts gesagt."

Sie verließ weinend den Wohnwagen und lief zurück zum Haus. Ich sah ihr nach, folgte ihr aber nicht. Dann sah ich Emma in der Nähe stehen, die mich mit großen Augen anschaute.

„Hey, Spatz, hast du etwas vergessen?"

Sie nickte und kam in den Wohnwagen.

„Worum ging es denn da gerade, Dad?"

„Was hast du denn gehört?", fragte ich sie. Ich konnte ihr doch unmöglich vom Fremdgehen ihrer Großmutter erzählen. Aber wenn sie etwas aufgeschnappt hatte, dann wusste sie nun längst Bescheid.

„Liebchen, manchmal da gibt es Sachen, die verstehen auch die Erwachsenen nicht so richtig. Im Augenblick gibt es etwas, mit dem Sara und ich nicht wirklich klarkommen."

Emma blickte aus dem Fenster des Wohnwagens. „Ich finde, du solltest ihr nachgehen."

„Was?" Ich blickte meine Tochter erstaunt an.

„Dad, ich weiß, du denkst, du hast nichts falsch gemacht. Aber Sara ist so aufgewühlt. Das sieht man doch. Also, wenn du es in Ordnung bringen kannst, dann solltest du es auch tun. Wirst du mit ihr ausgehen?"

„Ich habe ernsthaft darüber nachgedacht", gab ich ein wenig verlegen zu.

„Dann solltest du ihr erst recht nachgehen und dich bei ihr entschuldigen. Egal, worum es sich handelt, selbst wenn du nichts falsch gemacht hast. Du solltest dafür sorgen, dass sie sich besser fühlt, damit sie lernt, dir zu vertrauen."

Ich schüttelte ungläubig den Kopf und grinste schief. „Wo schnappst du nur solche Sachen auf, Kind?"

Sie lächelte. „Das habe ich dir doch schon erklärt. Ich schaue mir Filme und Serien an. Außerdem lese ich eine Menge Bücher. Und Dad, du solltest endlich zur Kenntnis nehmen, dass ich eine junge Frau bin und ich weiß eben, wie Frauen ticken."

„Ach, ist das so, ja?" Ich ahnte, dass mir noch eine Menge Probleme ins Haus standen mit meiner Tochter, aber ich hätte es im Leben nicht anders haben wollen.

„Ja. Und ich mag Sara. Du solltest aufpassen, dass sie dir nicht abhandenkommt. Was auch immer sie so aufgeregt hat, das kannst du doch sicher wieder in Ordnung bringen, oder?"

„Nun, um ganz ehrlich zu sein, es hat mehr mit ihren Gefühlen zu tun. Und ich weiß nicht, ob ich die in Ordnung bringen kann."

„Hast du denn etwas getan, dass sie sich so elend fühlt?"

Ich dachte einen Moment lang darüber nach. Ich war nach wie vor überzeugt, dass ich ihr zu Recht nichts darüber gesagt hatte, was zwischen unseren Eltern vor über dreißig Jahren vorgefallen war, aber es durch ein paar Fotos und alte Briefe herauszufinden, war sicher auch nicht viel besser gewesen.

„Ich will es mal so formulieren: Ich habe sicher nicht dazu beigetragen, dass sie sich besser fühlt."

Emma kam zu mir und legte eine Hand auf meine Schulter. „Dad, wenn du möchtest, dass Sara je wieder ein Wort mit dir redet, dann solltest du dir jetzt etwas einfallen lassen, damit sie sich besser fühlt. Wenn du eine Chance bekommen möchtest, damit sie mit dir ausgeht, dann bleibt dir nur, dich bei ihr zu entschuldigen."

Ich lächelte und küsste sie auf die Stirn. „Ich wüsste nicht, was ich ohne dich täte. Du bist ein bisschen zu clever für dein Alter."

Ich ließ Emma im Wohnwagen zurück und machte mich auf die Suche nach Sara. Allerdings erwies sich das als ziemlich schwierig für den Rest des Tages. Ich hatte keine Ahnung, wohin sie gegangen war und ich konnte schließlich nicht einfach so das ganze Haus nach ihr absuchen. Ich konnte nicht einmal an die Tür klopfen und nach ihr fragen. Das Risiko, dabei auf Ken zu treffen, war mir einfach zu groß. Wer konnte schon sagen, wie er reagiert hätte. Ich hatte ihn seit Jahren nicht mehr gesehen und nach dem Gespräch mit Sara vorhin ging mir einfach zu viel durch den Kopf. Auch wenn ich natürlich wusste, dass meine Mutter aus freien Stücken damals eine Affäre mit ihm eingegangen war, so änderte das nichts daran, dass ich ihm gegenüber nicht gerade positive Gefühle empfand. Er hatte etwas getan, was man nicht tun sollte. Er hatte mit der Verlobten seines besten Freundes geschlafen. Meine Eltern waren damals schon ziemlich lange zusammen gewesen, sie hätten eigentlich längst verheiratet sein können.

Erst viel später am Abend, nach einer weiteren Party, entdeckte ich Sara endlich, als sie ein paar Gäste an der Tür verabschiedete.

„Können wir reden?", fragte ich und stellte mich

neben sie auf die Veranda. Sie lächelte weiterhin und winkte den Gästen nach, schüttelte aber gleichzeitig den Kopf.

„Sara, wir müssen reden. Es gibt etwas, das ich dir sagen muss. Bitte, hör mir nur einen Moment zu. Um mehr bitte ich dich nicht."

Sie starrte mich finster an, aber dann drehte sie sich um, um ins Haus zu gehen und gab mir mit einer Geste zu verstehen, dass ich ihr folgen solle. Sie trug ein schickes Kleid, etwas Eleganteres als am Abend zuvor, und ich war hingerissen. Sie war wunderschön. Ich musste daran denken, wie sie nackt im Mondlicht neben mir gelegen hatte. Sofort war ich erregt. Ich wollte sie, natürlich wollte ich sie. Aber jetzt war nicht der passende Moment für solche Gedanken.

Sie führte mich in einen anderen Flügel des Hauses, offenbar der Teil, in dem sie wohnte.

„Dann sag, was du zu sagen hast und dann geh bitte wieder."

Sie war eindeutig nicht in der Stimmung, um sich eine Entschuldigung von mir anzuhören, aber ich musste es dennoch wenigstens versuchen.

„Ich habe mit Emma gesprochen. Du magst es für verrückt halten, aber manchmal hilft es, wenn man sich von einer Zwölfjährigen einen Rat geben lässt. Sie weiß erstaunlich oft, wovon sie redet, und obwohl sie selber noch so viel lernen muss über das Leben und die Welt, so besitzt sie doch eine rasche Auffassungsgabe und ich glaube, in diesem Fall hat sie absolut recht."

Sara machte eine auffordernde Geste. „Und?"

Ich nahm ihre Hände und hielt sie fest. „Ich bedaure

zutiefst, dass ich dir die Wahrheit verschwiegen und dir damit wehgetan habe. Ich dachte, es wäre richtig, dir nichts zu sagen. Aber nun weiß ich, dass es eher daher kam, weil ich vor allem nicht schlecht über meine Mutter reden wollte. Sie war eine gute Frau, aber ich schätze, wir haben alle unsere Momente, wo wir nicht gerade stolz auf uns sein können. Ich wollte nicht darüber reden, dann ich habe mich geschämt. Ich hätte dennoch nicht schweigen dürfen, zumal du dir so viel Mühe gegeben hast, uns irgendwie doch an dem Derby teilnehmen zu lassen. Du hast dich für mich mit deinem Vater angelegt. Ich weiß, das erfordert eine Menge Mut."

Ich sah eine einzelne Träne über ihre Wange laufen und wischte sie fort. Sie nahm meine Hand und legte sie an ihre Wange.

„Ich weiß, du kannst nichts dafür. Und ich verstehe, dass du nur tun wolltest, was du für richtig hieltst. Es ist schon so lange her und du wusstest es schon eine Weile. Aber für mich ist das alles noch so frisch und es war ein ziemlicher Schock."

„Ich weiß." Ich beugte mich zu ihr herab, um sie zu küssen. Sie ließ es geschehen. Sie hielt sich an mir fest und küsste mich gierig. Sie zerrte an meiner Kleidung und wir schafften es gerade noch so bis in ihr Schlafzimmer, bevor sie mich komplett ausgezogen hatte und sich selbst ebenfalls.

„Fick mich", verlangte sie und ich ließ mich kein zweites Mal bitten.

Ich beugte mich über sie und küsste und saugte an ihren Brüsten, die sie mir entgegenstreckte. Ihr ganzer

Körper erschauerte und sie seufzte auf. Ihr Verlangen war mit den Händen greifbar. Ich griff zwischen ihre Beine und spürte, dass sie feucht und bereit war. Ich musste sie einfach kosten.

Sie schmeckte süß und auch ein wenig scharf, als ich mit der Zunge über ihre Klitoris leckte. Sie erzitterte unter mir und näherte sich ihrem ersten Höhepunkt. Ich drang mit den Fingern tief in sie ein und fickte sie, bis sie wieder und wieder aufschrie und meine Lippen mit ihrem Saft benetzte. Erst dann drang ich mit meinem Schwanz in sie ein, so tief ich nur konnte. Sie war eng und so nass, es kostete mich enorme Willenskraft, mich nicht sofort in ihr zu ergießen. Sie stöhnte und schrie unter mir, ihre Finger rieben über ihre Klitoris, während ich sie mit harten Stößen fickte.

„Du gehörst mir", sagte ich. Ich stand an der Bettkante, ihr Arsch hing vor mir in der Luft. Ich hatte ihre Hüften gepackt und rammte meinen Schwanz in sie hinein. Mit ihrer anderen Hand kniff sie sich in die Brustwarzen und der Anblick war beinahe zu viel für mich. „Du bist so unglaublich heiß, Sara. Sag mir, wenn du kommen willst." Ich stöhnte auf, weil ich selber kurz davor war und mich noch zurückhalten wollte. „Ich bin gleich soweit."

Mein Becken schoss nach vorn, meine Eier klatschten gegen ihren Arsch bei jedem Stoß.

„Fick mich", schrie sie und mehr brauchte es nicht. Ich kam und ergoss mich in sie, füllte sie mit meinem Samen. Ich drückte sie mit meinem Gewicht nieder und sah zu, wie sie sich stöhnend vor Lust unter mir wand.

„Ich werde das noch ein paar Mal heute Nacht brauchen, Pete. Geht das?"

„Versprochen." Ich nahm sie in meine Arme und küsste sie leidenschaftlich.

ara

ALS ICH AM nächsten Morgen erwachte, lag Pete Killarny noch immer neben mir im Bett, hatte seine Finger zwischen meinen Schenkeln und sein Schwanz drückte gegen meinen Rücken. Mir war sofort klar, was er im Sinn hatte und ich hätte mich ihm zu gern wieder hingegeben, aber wir hatten in der vergangenen Nacht so viel gevögelt, dass ich bezweifelte, ich würde heute normal gehen können.

Und dabei hatte ich heute noch eine Menge Dinge zu erledigen. Es war der Tag des großen Rennens und ich wusste, dass Pete zu seinen Leuten musste, um einiges vorzubereiten.

„Hey, du", sagte ich und schubste spielerisch seine

Hand weg. „Du müsstest längst woanders sein und ich auch."

Er rollte mich zu sich herum und küsste mich, stöhnte und legte sich auf mich.

„Ich muss in der Tat woanders sein", flüsterte er mir ins Ohr, „nämlich tief in deiner süßen Pussy drin."

Ich lachte und versuchte, ihn von mir herunterzuschieben, aber er bedeckte mich mit Küssen und Streicheleien. Ich gab nach und erlaubte ihm, mich zu lecken und mit den Fingern zu einem unglaublichen Orgasmus zu bringen, aber dann bestand ich darauf, endlich duschen zu gehen.

Als ich aus dem Bad kam, war er fort, aber ich fand eine Notiz von ihm zwischen ein paar Slips, die auf dem Bett lagen.

„Zieh davon heute keinen an", stand dort geschrieben und ich beschloss, der Anweisung zu gehorchen. Lachend zog ich mich an, während ich darüber nachdachte, was ich in den nächsten Tagen wohl noch so alles über Pete Killarny lernen würde. Aber bevor ich mich länger mit Gedanken über unsere Zukunft aufhalten konnte, gab es heute noch eine Menge anderer Dinge, mit denen ich mich befassen musste.

Das Erste, was zu tun war, war auch das allerletzte, was ich eigentlich tun wollte. Ich wollte lieber nicht einmal drüber nachdenken, aber ich wusste, ich war der einzige Mensch auf der Welt, der meinen Vater davon abhalten konnte, seinen einmal angedrohten Plan wirklich in die Tat umzusetzen.

Ich machte mich fertig, warf mich richtig in Schale,

sogar mit Hut, und ging hinunter ins Büro meines Vaters, wo ich ihn zu finden hoffte.

Er war da und wie an den Tagen zuvor durchsuchte er die nun nicht mehr so geheime Schublade.

„Dad?"

Er sah auf und schloss die Schublade, dann lächelte er mich an. „Guten Morgen, Schatz. Ich wollte gerade rausgehen und einen letzten Blick über die Koppeln werfen. Unser Anwalt wird gleich hier sein, mit dem ganzen Papierkram. Wir übergeben das Zeug den Killarnys und damit sind sie buchstäblich aus dem Rennen." Er ging Richtung Tür, aber ich hob meine Hand, um ihn aufzuhalten.

„Dad, warum setzt du dich nicht wieder hin? Wir sollten uns ganz dringend unterhalten."

„Liebling, ich weiß, du denkst, es ist nichts. Aber wir können keine Leute zum Rennen zulassen, die in illegale Machenschaften verwickelt sind."

„Dad." Ich stellte mich ihm in den Weg und starrte ihn an, bis er wieder Platz genommen hatte, während ich stehenblieb. „Ich weiß Bescheid über Emily Killarny."

Er wirkte verblüfft. „Wovon redest du denn da?"

„Die Schublade. Ich weiß, was sich darin befindet. Es tut mir leid, dass ich heimlich deine Sachen durchsucht habe, aber ich musste einfach wissen, was sich darin befindet. Ich wusste, dass du mir nicht die Wahrheit gesagt hast, aber ich wollte wissen, was der wahre Grund war, weshalb du die Killarnys vom Rennen ausschließen wolltest."

Er schüttelte den Kopf. „Du hättest das nicht tun dürfen."

„Es tut mir aufrichtig leid. Aber ich weiß nun Bescheid, Dad. Ich weiß von deiner Affäre und ich weiß auch, dass das der Grund war, warum Mom nicht länger mit dir verheiratet sein konnte. Du hast nie aufgehört, Emily Killarny zu lieben."

Er schloss kurz die Augen, dann öffnete er sie wieder und blinzelte. „Du hast ja keine Ahnung, wie das ist, wenn man den Mensch, den man mehr als alles auf der Welt liebt, an jemand anderen verliert."

„Im Ernst, Dad? Meinst du wirklich, ich kann mir das nicht vorstellen? Erinnerst du dich eventuell an die Tatsache, dass ich vor gerade einmal einem Jahr meinen Verlobten im Bett mit meiner besten Freundin erwischt habe? In zwei Monaten werden sie heiraten. Ich denke, ich habe eine ungefähre Vorstellung davon, wie sich so etwas anfühlt. Der einzige Unterschied ist, dass du mit der Verlobten deines besten Freundes geschlafen hast. Du bist hier nicht das Opfer, also spiel dich nicht dazu auf. Du hast Mom vergrault."

Er sagte kein Wort.

„Das muss hier ein Ende haben", sagte ich in unmissverständlichem Ton. „Das alles muss hier endlich aufhören. Du hast gesagt, dass Terrence mit den Papieren vorbeikommen wird? Du wirst ihn anrufen und ihm sagen, dass das nicht mehr nötig ist."

Mein Vater sah mich stirnrunzelnd an und sprach mit lauter Stimme. „Du hast hier nichts zu sagen."

„Das mag sein, aber selbst, wenn du hier nach wie vor das letzte Wort bei allem hast, so lass mich dir eines versichern: Wenn du nicht umgehend dieses ganze Theater beendest und es wirklich durchziehst, die Killarnys vom Rennen auszuschließen, dann werde ich hier herausmarschieren und will mit diesem ganzen Geschäft nichts mehr zu tun haben. Du hast deine Frau verloren, weil du mit deiner Eifersucht nicht klargekommen bist und diese Familienfehde angezettelt hast. Möchtest du aus demselben Grund nun auch noch deine Tochter verlieren?"

Er schaute zu Boden und ich wartete gespannt darauf, was er dazu sagen würde. Endlich, in deutlich sanfterem Ton als ich es von ihm gewohnt war, antwortete er. „Ich rufe ihn an."

ICH GING hinaus in die Morgensonne und setzte den weißen, breitkrempigen Hut mit dem schwarzen Band auf. Ich betrachtete mein Spiegelbild in einer der Fensterscheiben, um sicherzustellen, dass er gerade auf dem Kopf saß, dann ging ich hinüber zur Rennbahn.

Anstatt mich dorthin zu setzen, wo ich all die Jahre mit meinem Vater gesessen hatte, sah ich mich um, wo die Killarnys saßen. Da, inmitten der anderen Zuschauer, entdeckte ich sie, johlend und rufend, und Emma befand sich ebenfalls bei ihnen. Mit meinen hohen Absätzen stocherte ich vorsichtig über den Weg zu ihnen hinüber und wurde von Alex begrüßt.

„Na, wenn das mal nicht die kleine Sara Waters ist. Nicht mehr gar so klein, was?" Er zwinkerte mir zu und ich rollte lächelnd mit den Augen, während ich mich an ihm vorbeischob, immer darauf bedacht, dass mein Hut niemandem ein Auge ausstach. Mit einem Lächeln auf den Lippen ging ich zu Pete.

„Schön, dich wiederzusehen", sagte ich und wir warfen uns einen verschwörerischen Blick zu. „Und nett, dich ebenfalls wiederzusehen, Emma!", rief ich über den Jubel der Menge hinweg, die immer lauter wurde.

„Du bist gerade rechtzeitig gekommen", erwiderte Emma.

Pete nahm mich am Arm und zog mich zu sich heran. „Ist alles in Ordnung?"

Ich nickte und sprach direkt in sein Ohr. „Ich habe mit ihm geredet. Allzu glücklich war er darüber nicht, aber ich denke, ich konnte ihn dazu bewegen, seinen bescheuerten Plan aufzugeben. Es wird keinen Anwalt mit irgendwelchen Papieren geben und euer Jockey wird da unten nicht behelligt werden."

„Was hast du ihm gesagt?", fragte er mit einer Mischung aus Neugier und Erstaunen.

„Ich habe ich gesagt, dass, sollte das Pferd der Killarnys nicht an den Start gehen, dann würde er eine wichtige Mitarbeiterin verlieren, nämlich mich."

Pete machte große Augen. „Das hast du gesagt? Aber was machst du, wenn er das nur behauptet hat, um dich loszuwerden und es trotzdem durchzieht, weil er denkt, du bluffst nur?"

„Erstens war es kein Bluff. Zweitens habe ich die leise Hoffnung, dass du vielleicht eine Position bei den Killarnys frei hast, die ich ausfüllen könnte."

Pete grinste breit und flüsterte mir ins Ohr. „Da würden mir ein oder zwei einfallen."

Wir richteten unsere Aufmerksamkeit nun auf die Pferde und die Menge um uns herum tobte inzwischen. Die Pferde starteten und wir alle feuerten Clement an, das Pferd der Killarnys, das mit langen, kraftvollen Galoppsprüngen bald die Führung des Feldes übernahm. Es ging alles furchtbar schnell und bald darauf schoss Clement zwei Sekunden vor den anderen Pferden als erster über die Ziellinie.

Die Killarnys rasteten total aus, die Brüder schrien und jubelten. Ich hielt mich ein wenig zurück, konnte aber einen kleinen Jubelschrei doch nicht unterdrücken.

Pete zog mich an sich und küsste mich auf den Mund, dann legte er seinen anderen Arm um Emma. „Endlich wieder ein Sieg der Killarnys! Und das im Beisein meiner beiden liebsten Frauen!"

Ich sah zu Emma hinüber, die ein für ihr Alter erstaunlich wissendes Grinsen auf dem Gesicht hatte. Ich lächelte und lehnte mich an Pete, dankbar dafür, dass ich eine zweite Chance mit dem Mann bekommen hatte, dem ich meinen ersten Kuss gestohlen hatte.

\* \* \*

**Lies Wie man einen Cowboy hält nächstes!**

Als Alex Killarny erfährt, dass die neue Tierärztin in der Stadt niemand anderes ist als seine erste Liebe vom College, bricht die Hölle los. Die Vergangenheit wird ans Licht gezerrt und Madison lässt keine

Gelegenheit aus, ihm die Dinge, die sein Vater ihrer Familie angetan hat, um die Ohren zu hauen.

Sie gibt ihm sehr deutlich zu verstehen, dass sie ihn nicht wiederhaben will.

Aber Alex kann ihre heißen Kurven einfach nicht ignorieren. Außerdem brauchen seine Pferde einen Tierarzt.

Wird Madison Alex in einem anderen Licht sehen und ihm vielleicht eine zweite Chance geben?

**Lies Wie man einen Cowboy hält nächstes!**

Liebe mich nicht

Hasse mich nicht

Höllisch Heiß

ALSO BY JESSE JAMES (ENGLISH)

**Bad Boy Billionaires**

Lip Service

Rock Me

Lumber Jacked

Baby Daddy

Billionaire Box Set 1-4

**The Virgin Pact**

The Teacher and the Virgin

His Virgin Nanny

His Dirty Virgin

**Club V**

Unravel

Undone

Uncover

**Cowboy Romance**

How To Love A Cowboy

How To Hold A Cowboy

Beg Me

Valentine Ever After

Covet/Crave

Kiss Me Again

Handy

Bad Behavior

Bad Reputation

Dr. Hottie

## ÜBER DIE AUTORIN

Jessa James ist an der Ostküste aufgewachsen, leidet aber an Fernweh. Sie hat in sechs verschiedenen Staaten gelebt, viele verschiedene Jobs gehabt und kommt immer wieder zurück zu ihrer ersten großen Liebe – dem Schreiben. Jessa arbeitet als Schriftstellerin in Vollzeit, isst zu viel dunkle Schokolade, ist süchtig nach Eiskaffee und Cheetos und bekommt nie genug von sexy Alphamännchen, die genau wissen, was sie wollen – und keine Angst haben, dies auch zu sagen. Insta-luvs mit dominanten, Alphamännern liest (und schreibt) sie am liebsten.

HIER für den Newsletter von Jessa anmelden:
http://bit.ly/JessaJames